Davor. Ist. Immer. Schöner.

PETER R. POLLMANN

Dichter, Blogger, Videomacher & Rezitator.

Lebt in Köln.

Peter R. Pollmann

Davor. Ist. Immer. Schöner.
Schwule Häppchen für *Heteros.*

Prosa

Bibliografische Information der Deutschen
Nationalbibliothek:
Die Deutsche Nationalbibliothek verzeichnet diese
Publikation in der Deutschen Nationalbibliografie;
detaillierte bibliografische Daten sind im Internet über
http://dnb.dnb.de abrufbar.

© 2022 Peter R. Pollmann

Herstellung und Verlag: BoD – Books on Demand,
Norderstedt

ISBN: 978-3-7543-6073-6

Für Dich. Mein Herz.

Jadis, si je me souviens bien, ma vie était un festin où
s'ouvraient tous les cœurs, où tous les vins coulaient.

Un soir, j'ai assis la Beauté sur mes genoux.

-Et je l'ai trouvée amère. -Et je l'ai injuriée.

Je me suis armé contre la justice.

- ARTHUR RIMBAUD, *Une Saison en enfer*

WÖRTER

Wild

Die Gegenstände, die mich umzingeln, die mich bemuttern. Sie tun sich echt schwer. Und von Tag zu Tag schwerer. Sie räumen ihre Niederlage einfach nicht ein. Sie träumen von gestern. Die wütenden Eier. Sie stehlen mir all meine Zeit. Doch ich bin schlau. Wie du liest. Ich erfinde mich neu. Denn das ist mein Alltag. Ich erfummele dich. Ich knete. Ich wichse. Mit Vorsatz. O Herz. Einschläfernder Freundschaften entledige ich mich. Das geschieht im Moment. Kurzerhand. Glaub mir. Du hattest die Wahl. Keine Chance. *Aladin.*

19. Februar 2022

Profil

Manches ändert sich nie. Das steht fest. Übertriebene Nachsicht. Sie versaut mir den Tag. Ich stehle mich achtlos davon. Ich beschränke meine Bedürfnisse auf das Unvermeidliche. Tun. Die Lust am Verzicht. Du. Sie raubt mir den Atem. Sie macht mich gefräßig. Das läufige Tier. Ich halte die Sehnsucht, den Zucker, in Schach. Ich gehe auf Abstand. Und befinde mich gleich auf der Höhe der Zeit. Ich schulde dem Heiland, gerissen, kein Wort.

20. Februar 2022

Wetter

Ich bin zufrieden mit mir. Das ist gesund. Meinem Interesse an halbherzigen Drohungen sind verdammt enge Grenzen gesetzt. Sie langweilen mich. Sie töten die Lust. Die Lässigkeit deines Betragens überwältigt mich keine Sekunde. Zu recht. Ich belästige dich. Keine Ahnung, warum. Doch damit komme ich klar. Der Entschluss ist gefasst. Ich allein teile ihn mit. Dir fresse ich nicht aus der Hand, Herzeleid. Also, das wäre doch taktlos. Brutal. Irgendwie.

21. Februar 2022

Rot

Ich schreibe. Schreibe. Ich bestehe darauf. Ich sehe die Zukunft gelassen voraus. Ich greife dem Ende, dem Abschuss nicht vor. So lerne ich ständig dazu. Kein Grund zur Besorgnis. Hier häufe ich an. Hier miste ich aus. In bester Gesellschaft. O Mensch. Menschenskind. Meine Geister. Erwachen. Sie schnappen gehörig nach Luft. Ich tanze. Ich träume. Ich präpariere mich nicht. Ich finde dich ab. Nimmersatt. Ich entdecke die Gier.

22. Februar 2022

Grau

Ich begrüße den Irrtum. Wie gewöhnlich. Entschieden. Mein inneres Gleichgewicht steht dabei auf dem Spiel. Es geht immer ums Ganze. Um alles. Ich weiß. Die geringste Nachlässigkeit. Du lachst dich kaputt. Sie kostet mich glatt meinen Kopf. Dem beuge ich vor. Sagt mein Schwanz. Das muss sein. Das muss raus. Theoretischen Machenschaften widersetze ich mich. Inzwischen. Mit gewissem Erfolg. Die Betäubung lässt nach. Diese Sätze verleiten. Bestätigen mich. Viagra. Von wegen. Mein Zustand ist hinreichend steif. Und stabil. Das stelle ich mit Genugtuung fest. Ja. Hose zu. Sechzig. Mein Alter. Lass los. Und du hättest den Schuss ohnehin nicht gehört.

23. Februar 2022

Ebbe

Du wechselst die Betten. Du drehst dich im Kreis. Die Konsequenz der Entscheidung. Sie ist überall greifbar. Du sehnst sie herbei. Aber was rede ich da. Jede Möglichkeit lähmt den Verstand. Du bist wie gefangen. Erfühlst deine Fessel. Das macht dich gefügig. Erregt dich. In Maßen. Du zitterst. Verdrückst dich. Ich sehe dir zu. Ich bemitleide dich keinen Moment. Nein. Was uns betrifft, sind Vorhersagen sinnfrei. Ich rede auch nicht auf dich ein. Ich denke. Du hast meine Wörter begriffen. Kanone. Darauf verwette ich gern meinen Arsch.

24. Februar 2022

Lesen

Ich warne dich. Gaffer. Ich vergeude kein Wort.
Die Entschlossenheit liefert dich aus. Du stillst
mein Verlangen. So gut du das eben kannst. Du
nimmt dir am Ende, was du im Augenblick
brauchst. Du bist käuflich. Beliebig. Zieh weiter.
Im Suff. Ich unterwerfe mich keinem Vergleich.
Dich überlasse ich geistreich und einwandfrei
deinem Glück. Ziemlich ratlos. Natürlich. Dann
doch. Aber gut. Ich drehe mich nie nach dir um.

25. Februar 2022

Geil

Dein blinder Fleck findet dich. Greifer. Ich bin dir vertraut. Dein Schlaf geht bloß mich etwas an. Ich jage dein Herz, den Gestank durch die Nacht. Ich entziehe dir jeglichen Schutz. Du bist furchtlos. Allein. Du riechst meine Lust. Doch ich lasse dich zappeln. Du. Die Ausflüchte wirken. Sie zeigen die Schwellung. Na dann. Ich pisse. Pariere. Und wir lachen uns schlapp. Denn niemand paktiert mit der Wahrheit. Mach's gut.

26. Februar 2022

Beule

Das geht nie wieder weg. Das löst sich im Leben nicht auf. Die einzige Antwort auf Kummer ist Sex. Das gute Gewissen. Es rauft sich zusammen. Es wimmert. Es stöhnt. Es kommt auf den Punkt. Ein Gleitflug ist Gold wert. Wir sausen dahin. Von außen betrachtet, ist alles in Schuss. Du hast mich beraubt. Ignoranz. Irgendwie. Meine letzte, behütete Schwäche. Ist futsch.

27. Februar 2022

Schach

Ich erkenne. Oh je. Den Wörtern wird übel. Sie fühlen sich schrottreif. Gedemütigt. Blöd. Selbst meine Hirngespinste haben dich so was von satt. Dein Gebettel um Zuspruch gibt ihnen den Rest. Das ist ein Problem. Frosch. Da steckt etwas in mir. Da will was ans Licht. Die Lösung ist trostlos. Ich lüge. Das stimmt. Ich erkläre dir eben mal so meine Liebe. Der Latte. Die Latte. Versteht sich. Was soll's. Pudelwohl. Im Morgenlicht greife ich an. Sei gefasst.

28. Februar 2022

Schorf

Sie posieren. Die Tatsachen sichern sich ab. Dazu benutzen sie uns. Höchste Zeit. Ich schwöre den Vorstellungen kaltherzig ab. Ich vertraue mich stur dem Unaussprechlichen an. Du weißt also, was dich erwartet. Du Hund. Im täglichen Umgang mit mir. Ich reise. Ich sause. Erschaffe uns keine bessere Welt. Warum auch. Was soll das. Im Zweifel entscheide ich mich ohnehin wieder für dich. Das ist bescheiden. Unnachahmlich. Fatal.

29. Februar 2022

Zettel

Mit ist kalt. Mir wird warm. Du schöpfst aus dem Vollen. Ich begrüße dein Schweigen wie einen Freund. Wir erzählen uns keine Romane. Nicht hier. Das ist ein Anfang. Ganz ohne Berechnung. Die Farbe der Hoffnung ist welk. Nein. Ich verliere auch nie die Geduld. Ich besitze sie nicht. Also gut. Ich schreibe. Was stellen wir heute noch an. Morgen schon wirst du mich, treu und todernst, aus dem Kaffeesatz lesen. Den deine fleischige Zunge zum Frühstück verhöhnt.

1. März 2022

Taube

Leck mich. Denn mein Verlangen nach dir über-
nimmt den Verstand. Die Begriffe allerdings. Du.
Sie lassen sich Zeit. Sie können der Versuchung
einfach nicht widerstehen. Sie machen mir klar,
wie unschlagbar ich bin. Sie verweigern mir jede
Autorität. Keine Ahnung, Löwe, ob du überhaupt
existierst. Die Gefahr ist offensichtlich. Das wird
mir bewusst. Und doch bleibt der Friedensschluss
keine Option. Den Wörtern. Die Wörter. Sie verleiten mich nicht. Sie erst berechtigen uns. Alles
quatsch.

2. März 2022

Spitz

Die Geschwindigkeit meiner Gedanken erstaunt mich. Erstaunt dich. Ich spreche in Bildern. Ich rede in Zungen. Und überspanne den Bogen. Das Feuer. So sagt man. Es hält sich bereit. Die Wörter. Von jeher. Sie zügeln mein Temperament. Vorerst. Zumindest. Und doch bin ich rastlos. Du wirkst wie gelähmt. Da im Sessel. Da drüben. Du bleibst auf der Strecke. So sagt man. Auch daran gewöhne ich mich. Ich bin geil. Wie gesagt. So rasant. Du hinterlässt keine bleibenden Schäden bei mir. Ich schreibe. Schreibe. Ich komme dir ungeschoren davon. Und von wegen. Erleben. Ich lasse verbrannte Geschichten zurück. Immerzu.

3. März 2022

Auf

Die Wörter. Sie nerven. Mit jedem Tag mehr. Sie verfolgen Interessen, die mir unbekannt sind. Es juckt mich am Sack. Ich taste mich voran. Ich kratze mich wund. Nehme erste Symptome der Entfesselung wahr. Verdammt. Du. Ich ringe um Luft. Dicke Luft. Qualm. Die äußeren Umstände. Sie reagieren auf mich. Sie erhöhen den Druck. Du. Immens. Das allerdings schadet auch ihrer Glaubwürdigkeit. Du. Ganz enorm. Der Überblick duckt sich. Ich reiße mich mühsam zusammen. Ich will dich nicht wiedererkennen. In jedem Gesicht, das mir auf der Straße entgegenspaziert. Ich bin eben maßlos. Maßlos. Gespannt.

4. März 2022

Knopf

Die Ahnungen. Sie bauen auf mein Verständnis.
Der Eindruck trifft zu. Die Vorzeichen verlieren an
Zweideutigkeit. Sind grün im Gesicht. Eiter. Sie
greifen zu drastischen Mitteln. So tue ich so, als
ließe mich der Rummel um das Bevorstehende
kalt. Meine Position ist einmalig. Ganz oben. Ganz
bei mir. Ich überhöre dein Kläffen. Doch der ewige
Morgen. Er vergräbt seine Zuversicht tief in der
Lunge. Ganz unten. Ganz harmlos. So finde ich
heil auf den Boden zurück. Die Tatsachen glotzen.
Wie schade. Genug.

5. März 2022

Stein

Ich werde dich enttäuschen. Röslein. Das musst du wissen. Stecher. Stich. Unter dieser Bedingung bin ich zur Stelle. Hält mein göttlicher Traum an dir fest. Ich nehme mir Liebe. Ich erwidere sie. Du machst dich mit meinen Marotten vertraut. Du offenbarst deine Schwächen. Vertrau mir. Mein Leben. Jede einzelne kommt dabei auf den Tisch. Hör mir zu. Die Wörter sind notwendig. Nein. Sie beschützen uns nicht. Sie machen dich lüstern. Sie fressen mich auf. Mann. O. Mann. Und nicht gerade geräuschlos. O Mann. Dein Stöhnen. Mein Herzschlag. Ganz ohne Bedenken. Wir kommen und gehen. Ein Wums.

6. März 2022

Bums

Das geht noch besser. Das wird unverschämt geil. Das Leben. Es schlägt seine Kuhaugen auf. Du. Endlich. Vergnügen. Der Arschtritt muss her. Ich lasse mich nicht lange bitten. Dazu. Halte ich hin. Und zwar mit Genuss. Das. Da unten. Das regt sich. Reißt mein Hirn aus der Fassung. Es findet die Fragen, die Rätsel nie mehr. Atmet durch. Rennt drauf los. Du. Es schneit. Blaue Flocken. Schneit. Sternhagelvoll. Auf die Fresse. Die Nerven. Sie machen sich frei.

7. März 2022

Ball

Bevor du noch loslegst, prägst du dir dies besser ein. Ich schwinge die Hüften nur zu denkfaulen Rhythmen. Das krasse Verschärfen. Es setzt jede Erklärung schachmatt. Eindeutig. Treffer. Die allgemeine Auszeit. Sie rettet mich. Mühsam. Die knackigen Nüsse schmeißen hemmungslos hin. Das kommt davon. Läufer. Du. Reiß mich. Du beiß mich. So wird dir so wie mir aus der Patsche geholfen. Vertragliche Klauseln. Wir besprechen sie später. Im Anschluss. Denn alles ist käuflich. Und je nach Bedarf.

8. März 2022

Hübsch

Ich will mich entspannen. Die Wörter. Die feigen.
Sie ducken sich weg. Sie wissen weshalb. Hör zu.
Der Sex ist mir durchgebrannt. Blöde Sau. Keine
Ahnung mit wem. Das hirnlose Fressen macht die
Stimmung nicht fetter. Zigaretten erklären der
Lunge den Krieg. Reihenweise. Abgestürzt. Es ist
kurz nach halb vier in der Nacht. Ich hocke am
Schreibtisch. Ich blicke durchs Fenster. Erwarte.
Ich döse. Ich starre dich an. Ich bin geradezu
nüchtern. Schöne Scheiße ist das.

9. März 2022

Zahn

Hübsch. Ungerecht bleiben. Mir fehlt jedes Verständnis. Ich zögere nicht. Ich will nur das Beste für mich. Feuchte Träume. Vor allem. Sie lähmen das quirlige Ticktack im Kopf. Alles Brei. Und von wegen Verstand. Das war gestern der Fall. Diese Wörter. Sie klären dich darüber auf. Die Hoffnung kommt ohne mich über die Nacht. Sie streichelt das Laken. Glatt. Haarsträubend. Glatter. Diese kläglichen Reste. Es reicht. Ich kassiere sie ein.

10. März 2022

Aua

Du liegst auf der Lauer. Ich hocke am Drücker.
Das Spiel überzeugt mich. Wie wär's. Nein. Du
hast keine Ahnung, worauf du dich einlässt. Mit
jedem Zug werden die Karten aufs Neue gemischt.
Ich wichse. Ich schmiede. Wir schließen nichts
aus. Das Geheimnis der Wörter ist und bleibt ihre
Gravitation. Allerhand. Wir pochen. Wir glühen.
Wir schmieden. Herr Doktor. Wir treiben es wie
die Karnickel im Busch. Und zwar rund um die
Uhr. Ohne greifbaren Grund. Die offenen Laster.
Sie bestehen darauf. Die Körper. Die festen. Also
vorläufig. Noch.

11. März 2022

Augen

Du verdrehst mir den Kopf. Ohne weiteres. Kuss-
maul. Die Wahrscheinlichkeit. Wahrheit. Sie hat
viele Gesichter. Geschichten. Wir legen uns flach.
Damit bin ich vertraut. Und zwar hoffnungslos.
Wunschfrei. Und zwar hinlänglich glücklich. Das
nehmen die Wörter, all die kreisenden Geier, mir
übel. Von wegen. Echt. Sie laufen rot an. Du. Sie
platzen vor Wut. Worauf also sollten wir deiner
Meinung nach warten. Das ist keine Frage. Mein
Freund. Mich definiert, was ich unterlasse. Das
trifft auch auf dich zu. Wir halten nichts fest.

12. März 2022

SKINNY

Top

Zu spät. Kein Verstand. Du hältst besser den Mund. Die Wörter. Die flinken. Sie sprechen sich gegen uns aus. So eisig. Im Mondlicht. Sie starren zurück. Nein. Das wird kein Spaziergang. Das machst du mir klar. Die Erkenntnis erleichtert. Wie immer. Mein Herz. Hör mich an. Ja, ich will. Will dich jetzt. Will dich nackt. Will dich drunter und drüber. Du zerstörst die Erinnerung. Spucke und Dreck. Will den Rausch.

13. März 2022

Sahne

Das war dein Irrtum. Schatz. Ich bin hässlich. Ich verstecke mich nicht hinter höflichen Reden. Die Dummheit. Gediegen. Sie stopft mir das Maul. Bis zum Anschlag. Du Niete. Ich nehme den Hammer. Das ist mein Geschäftsmodell. Lüstern. Ich halte dich hin. Warte ab. Ich beherrsche sie. Alle nur erdenklichen Tricks. Das nächste Mal bringst du dann gern auch einen Freund mit. Das macht die Sache bekömmlich. Pikant. Gut zu wissen. Na, bravo. Die dreckige Wäsche bleibt hier.

14. März 2022

Steif

Du. Kommt immer drauf an. Ich bin da nicht fest-
gelegt. Ich suche hier keinen Partner fürs Leben.
Du. Das war gestern. Das wäre heute grotesk. Die
Wörter. Wie Luftschlösser. Sie finden doch nie
wieder heim. Du. Na, also. Im Ernst. Jetzt. Der
Ausnahmezustand bekommt mir. Er ist meine
neue Normalität. Das begrüße ich. Dankbar. Ich
begrabe den Himmel. Zur Hölle damit. Und wenn
es schon raus muss. Du. Weg muss. Spritz ab.
Dein Heimweg, der liebe, der erwartet dich längst.

15. März 2022

Macht

Zwei Kerle. Mein Dünner. Sie verwickeln dich besser. Sechs Hände. Drei Schwänze. Das ist so. Vollkommen. Du musst dich nicht ständig mit Spekulationen befassen. Die Alternative ist jederzeit greifbar. Unfasslich. Die Namen verwechseln sich gern. Und der Widerspruch, Träumer, der fährt einem regelrecht unter und über die Haut. Das entspannt die Situation. Ganz gehörig. Wir machen bloß rum. Hier. Wir verbrüdern uns nicht. Rezeptfrei. Verteufelt. Gerissen. Ach was. Das Einflößen von Substanzen jeglicher Art wäre illegal. Keine Frage.

16. März 2022

Fade

Hör auf damit. Dünner. Ich nehme, was kommt.
Das funktioniert. Ich will mich nicht entscheiden
müssen. Das wäre ungerecht. Ich mache meine
Sache nämlich ziemlich gut. Das überzeugt. Die
Positionen schnalzen mit der Zunge. Sie reiben
sich die Schenkel vor Vergnügen. Die Wörter. Die
treuen Vasallen. Sie brüsten sich damit. Sie leben
promiskuitiv. Das steckt an. Das schreckt ab. Das
flutscht runter wie Butter. Es geht hier gesellig
zu. Herzchen. Auch ohne dich. Deshalb.

17. März 2022

Backen

Nenn mich ruhig Daddy, Dünner. Denn nur die Schönsten kommen durch. Du bist dabei. Vergiss dein Lächeln. Es würde uns die Illusion zerstören. Du hauchst mir den Verrat ins Ohr. Kein Wort von Narben, die das Leben schlug. Dein Körper ist aalglatt. Rasiert. Das schätze ich an dir. Der Prinz steht übermorgen auf der Karte. Die frommen Sprüche gelten heute. Dir allein. Ich überlasse sie dem Zufall. Oder so.

18. März 2022

Röter

Zweimal ja. Dünner, ich halte den Mund. Es sind
diese Schenkel. Es sind diese Beckenknochen. Sie
bestechen das Auge. Sie machen mich taub. Dein
Geschwätz stockt im Zimmer. Wir erreichen das
Ziel. Immerhin. Wir kommen uns dabei nicht in
die Quere. Das macht die Sache auch für dich
interessant. Vokale. Vokale. Sie alle. Die hohen.
Die schrillen. Das tiefe Gegrunze. Das reine Ge-
raune. Es ist kaum zu ertragen. Doch ich denke.
Ach was. Denn morgen schon, Schöner, wird mir
der Kronprinz sein Hirn präsentieren. Also auf-
gepasst. Gloria. Und. In excelsis. Verdammt. Das
Leben liegt richtig. Wie schön.

19. März 2022

Alter

Es führt kein Weg an mir vorbei. Du Scheusal. Warte ab. Die Erinnerung an mich belauert dich bereits. Sie wird dich jagen. Stellen. Beugen. Mit leeren Händen bringst du sie kaum davon ab. Die Wörter. Du. Sie raten dir. Greif zu, Skinny. Das ist unsere Gelegenheit. Sie kehrt nicht wieder. Alles klar. Den aktiven Part allerdings übernehme ich ungern. Da nämlich hört der Spaß mit mir auf. Besser so. Gut. Also ganz, wie besprochen. Wodka, Zigaretten und Cola. Jaja. Du. Sie gehen aufs Haus. Keine Angst.

20. März 2022

Ecke

Ich bin zu viel für dich. Das steht fest. Ich spiele keineswegs mit dem Gedanken. Ich gebe dem Verlangen nach. Ich bin das fette Trüffelschwein. Ich gehe fremd. Das lobe ich an mir. Der Anschein trügt. Ich hintergehe jedes Wort. Ich bin der Leugner. Bin das beste Beispiel. Du beißt dir deine Zähne an mir aus. Ich bin geimpft. Immun. Ich schwebe über dir. Ich atme deinen Tod. Ich zeige mein Gesicht.

21. März 2022

MULTIVERSUM

Kante

Was soll ich dazu sagen. Bock. Du hast es mir zu leicht gemacht. Du willst dich täuschen lassen. Du. Du wolltest den Gedanken nicht zu Ende denken. Du wirst mich übersehen. Herz. Auweia. Und das kommt dabei heraus. Jaja. Die Wahrheit. Du. Sie ist beweglich. Weißt du. Sie steht immer auf der nächsten Seite. Und das ist gut so. Diese Art und Weise. Wir ficken uns schlauer. Täglich. Na los.

22. März 2022

Bügel

Zeitreisen sind möglich. Das ist unser Problem. Die Vergangenheit lächelt und verspricht dir bei jedem Besuch, sich zu bessern. Wenn du nur fest genug daran glaubst. Du bist naiv. Sie bescheißt dich. Hat Durchfall. Hat all deine Erfahrungen so was von satt. Wie ich dein Gejammer. Ich will Krach. Lärm. Lärm. Lärm. Brauche Hackfressen. Knackärsche. Knochen. Oh nein. Diese Wörter belasten mich nicht. Licht aus. Granate. Und Pathos verpisst sich. Der Feigling. Das wird. Das steht fest. Meine Zukunft ist. Krass.

23. März 2022

Falte

Rohes Fleisch. Beutelschneider. Dir heize ich ein. Ich lecke dem offenen Chaos das Loch. Verfeinerte Zubereitung überlasse ich Spießrutenläufern. Ihr befummelt euch gern. Da im Stehen. Im Schritt. Da. Bloß keine Versprechen. Mein Freund. Ich widerrufe. Bin doch längst unterwegs. Und stehe für jedes Wort gerade. Egal. Wann. Egal. Wo. Egal wer. Und mit wem. Hör bloß auf zu heulen, Wolf. Es ist mein Gestank. Naseweis. Mit geschlossenen Augen findest du mich.

24. März 2022

Biege

Ich beobachte dich. Ich stelle dir Fallen. Ich lasse dich auflaufen. Heuler. Ich mache dir Angst. Ich übernehme keine Verantwortung. Du. Ich benutze dein Passwort. Pass gut auf. Denn genau diese Wörter erwarte ich künftig von dir. Liebe ist kein Hirngespinst. Sie erwischt dich vorzugsweise auf dem falschen Fuß. Sie vergreift sich an uns. Diese Realität. Wir haben nichts gegen sie in der Hand. Es muss also sein. Gleich. Da vorn. Oder anders herum.

25. März 2022

Reiter

Nichts von Bedeutung. Exakt, was ich antreffe, brauche ich auf. Nein. Danke schön. Einhorn. Ich verzichte auf Fett. Ich spreche dich an. Einfach so. Im Gebüsch. Meine Hände sind Künstler. Darauf spezialisiert. Sie bestimmen den Ton. Meine Lippen. Dem Gierschlund. Die Eichel. Pass auf. Sie verliert den Verstand. Du. Also. Bitte schön. Klar. Warum nicht. Kann schon sein. Denn tiefer gehende Gefühle. Sie verletzen uns nie. Dieser Hinweis ist alles. Erfreulicherweise. Man sieht sich. Gut möglich. Es ergibt keinen Sinn.

26. März 2022

Latte

Geweitete, schwarze Pupillen. Hauptsache jetzt.
Die gefräßige Gleichgültigkeit deiner Berührungen
berauscht mich. Das gebe ich zu. Ich wäre gern
noch geblieben. Ich breche mein Wort. Ich nehme
mir Zeit. Ich schreibe. Ich träume. Von zahllosen
Nächten. Ich rede fantastischen Sachen das Wort.
O süße Qual. Schmerz. Mein Brustwarzen beben.
So stelle ich mich seiner Rührseligkeit. Das kostet
der aus. Ich lasse mich gehen. Die Unruhe bleibt.
Anonym.

27. März 2022

Nutten

Ich verliere mich nie aus den Augen. Bestimmt nicht. Ich pisse im Stehen. Ich pisse als Erster. Mein Strahl ist furchtbar und aussagekräftig. Ich treffe das Ziel. Ich schmecke nach mehr. Ich verschlinge den Überdruss. Und zwar mit Genuss. Ich erde den Himmel. Die Hölle. Zum Henker. Dir mache ich ordentlich Dampf. Gut. Ich leiste mir Fehler. Das stimmt. Wohlgemerkt. Ich benutze die Wörter. Sie halten den Loser auf Abstand. Man fickt sich. Gewöhnlich. Gewiss.

28. März 2022

Bullen

Es liegt keine Verwechslung vor. Fremder. Du. Ich
bin's. Ich klopfe. Die Welt dreht sich weiter und
weiter. Um dich. Mein lumpiger Prügel. Der tritt
gern den Beweis an. So öffne mir. Zaghaft. Mach
auf. Es wird spät. Sie schnüffeln. Sie rauchen. Sie
schlucken. Sie setzen sich Spritzen. Die tollkühne
Mehrheit. Sie knallt dabei voll und ganz gegen die
Wand. Du aber bist der Messias. Dich bete ich an.
Mach mir auf. Weiter. Und weiter. So weiter. Du
hörst mich. Wir vögeln die Isolation. Also. Regelrecht. Clean. Oder hast du was da.

29. März 2022

Tiger

Mehr. Süchtig nach dir. Ich will mehr. Brauche stärkeres Zeug. Steh nicht so rum da. Glotz mich nicht an. Setz dich doch zu mir. Wie müde ich bin. Die Geschichten verschwimmen. Dein rostrotes Haar. Ich erkenne dich wieder. Du. Was Neues muss her. Ich suche den nächsten, den kommenden Schuss in deinem Gesicht. In deiner Umarmung. Du Memme. Ich nehme sie alle, euch alle auf einmal. Das war so. Das bleibt so. Und. Runter damit.

30. März 2022

Fliegen

Ich höre dir sehr genau zu. Aber ja. Du fühlst dich verstanden. Willkommen im Club. So streife ich sanft deinen Arm. Es ist deine Wut. Sie führt dich zu mir. Mein Liebster, die erste Sitzung ist frei. Ich nehme dir all deine Hemmungen ab. Bleib ruhig. Ganz entspannt. Hübsch eins nach dem anderen. Ich sauge dich leer. Ich hebe dich auf. Bis du mir unwiderruflich gehörst. Nein. Du redest zu viel. Kein Applaus. Ich werfe dich weg. Du weißt einfach nicht, wer ich bin. Edelherz.

31. März 2022

Kröten

Scharf. Ich bin wach. Ich breche das Eis und ersaufe in dir. Jedem Atemzug gebe ich nach. Die Ernüchterung lasse ich auflaufen. Schärfer. Ihre knurrigen Titten sind welk. Ich brauche handfeste Kost. Einsamkeit. Du bietest mir mehr als genug. Ich lasse mich fallen. Ich öffne den Schlund. Ich komme dem Drängen kaum nach. Stellungskrieg. Gräben. Denn freiwillig ziehe ich nicht wieder ab. Ja. Ich werde verlieren. Ich bestehe darauf. Das Leben. Mein Leben. Es hat mich im Griff.

1. April 2022

Eulen

Ich liegst mir am Herzen. Ich denke an dich. Das heißt nicht, dass du es bist, der mich bewegt. Die Wörter sind Katzen. Sie gehorchen uns nicht. Unwichtig, was sie dir über mich weiter erzählen. Die Tragweite meiner Entscheidung. Sie ist mir bewusst. Die Erleichterung greifbar. Zum Glück. Der Gedanke macht lustig. Bringt Spaß. Solange er löchrig und unfertig ist. Ich bin ruhig. Nebenbei. Und schlage mir gleich auch Paris aus dem Kopf. Ohne Not. Selbst Berlin, Kopenhagen. Oh je. Ich bin leer.

2. April 2022

Eicheln

Ich atme. Ich schwimme. Ich lasse mich überzeugen. Die Vorfreude grinst. Du. Sie macht sich ans Werk. Du. Sie rackert sich blauäugig ab. Kollateralschäden, klar, sind unvermeidlich dabei. Irrtümer übrigens auch. Das versteht sich von selbst. Die Grenze des Erträglichen missachtet den kritischen Punkt. Das ist grausam. Es gibt kein Zurück. Mehr. Ich ächze. Ich bete. Mehr. Weiter. Ich schenke dem Teufel, dem Wunder sein Recht. Oh. Dito. Ah. Dito. Es ist unübersehbar. Auch du bist zufrieden mit dir.

3. April 2022

AUFSCHLAG

Ei

Das Gewimmel. Es klammert mich aus. Siehst du ein. Die Suche ist mühsam. Ich hoffe. Der Zufall beschert mir ein Bild. Das mich ausweist. Erklärt. Daran halte ich fest. Roter Faden. Dich blicke ich wehmütig an. Ich verstehe dich nicht. Es ergibt keinen Sinn. Das ist gut. Ja. Auch irgendwie komisch. Natürlich. Ich denke. Ach so. Ich komme wohl langsam dahinter. Das Leben. Es kennt all meine Vorlieben besser als ich. Ich werfe mich weg. Ich gebe dir nach. Von heute an folge ich seiner Natur. Der Gedanke wirkt. Wunder. Ich bin. Wie befreit. Ich bin. Ziemlich beunruhigt. Ich bin. Einerlei. Du bist hier.

4. April 2022

Öl

Ich frage. Wo ist das Problem. Frau Holle lässt ihre Bluthunde los. Die machen den Weichspüler dingfest. Kurzer Prozess. Dein Lächeln, Freund, es spricht dich nicht frei. Der Arsch geht mir auf Grundeis. Ich nutze den Zufall. Die Nacht. Ich schreibe. Sei hässlich. Ich schreibe. Sei grausam. Kein Wort. Schick mir Geld. Ich genieße den Luxus. Ich zähle nicht nach. Das schätzt man von Grund auf an mir. Ich blase im Zweifel umsonst. Also eigentlich immer. Komm einfach vorbei.

5. April 2022

Schatten

Hallo. Ich bin dein Monster. Ich bin der, von dem du nie öffentlich sprichst. Den du verfluchst. Dem du in dunklen Stunden vielleicht die Tür einen winzigen Spalt öffnest, um dein eigenes Sperma zu schmecken. O Arroganz. Ich sehne mich nach deiner Brutalität. Ich vermisse die Zärtlichkeit. Die du mir verweigerst. Entziehst. Ich schenke dir meine Liebe. Auf ewig. Dir bleibe ich treu. Was hältst du davon, Summertime.

6. April 2022

Mast

Ich höre, was du sagst. Ich rette meine Fantasie vor deinem Hunger nach Gelegenheiten. Bei mir ist nichts zu holen, Freund, was dir Befriedigung verschaffen könnte. Es gruselt mich vor dir. Du bist der Zombie eines Toten. Du turnst mich ab. Ich sage dir. Verschwinde. Du. Geh weg. Ich halte dich nicht länger. Aus. Ich schreibe. Schreibe. Ich preise den kalten Entzug. Heute.

7. April 2022

Fix

Ich improvisiere. Was sich mir anbietet, koste ich aus. Restlos. Das bleibt meine Stärke. Ich mache Scheiße zu Gold. Das Zerbrechlichste. Es ist mein Geschenk an deine Ausreden. Lügner. Ich bin ein Zauberer. Ich durchschaue jede Illusion, die du mir auftischst. Ohne mit der Wimper zu zucken. Früher oder später. Es bleibt alles beim alten. Ich träume von dir. Hochachtungsvoll. Immer. Das ist meine Schwäche. Die Frage, die stumme, bleibt offen. Ich komme nicht von dir los. Wir betrügen uns beide. Das ist nur gerecht.

8. April 2022

Strumpf

Es gibt nichts zu beschönigen. Ich bereite mich vor. Ich brenne darauf. Ich räume den Platz. Du wirst überrascht sein. Wie sauber ich bin. Ich habe die Bilder, die höflichen Phrasen, entsorgt. Vollständig. Weg damit. Raus. Das war so vereinbart. Wir schenken uns keine Erinnerung. Nie. Das bleibt unser Kainsmal. So erkennen wir uns. Der zerrissene Zettel. Die vergossene Milch. Alle Vorboten stimmen. Du. Sie stehen auf Sturm.

9. April 2022

Rakete

Vergiss Corona. Nimm mich. Wenn dich die Ungeduld heimsucht. Bei mir liegst du richtig. Von wegen bequem. Auf die lange Bank schiebe ich nichts. In fünf Minuten bin ich in jeder Sprache zu Hause. Ein reißender Fluss. Ein brechender Damm. Mein Körper. Er ist die erprobte Matratze. Oh ja. Mein Rhythmusgefühl ist und bleibt legendär. Hier lernt der Profi, der Spinner, dazu. Den Laien ereilt sein Geschick. Was wollen wir mehr. Wir küssen das Arschloch. Wir sterben daran. Das gebrochene Herz. Du. Es steht seinen Mann. Vorläufig. Noch.

10. April 2022

Vakuum

Du nimmst mich von hinten. Du nimmst mich beim Wort. Du setzt dich darüber hinweg. Das ist gut. Du lässt meine Gedanken alt aussehen. Das tut nichts zur Sache. Du rüttelst mich durch. Du machst mich kaputt. Du bist ein willkommener Gast. Frisches Blut. Du legst keine Lunten. Du zündest sofort. Du schießt meine Geschichten über den Haufen. Das macht mich erträglich. Bleib diese Nacht bei mir. Ich will morgen früh aufwachen. Und zwar nur neben dir.

11. April 2022

System

Deine Gegenwart stimuliert mich. Im Ernst. Deine Heiterkeit greife ich auf. Wie du siehst. Ich ahme dich nach. Ich lerne dich auswendig. Dir folge ich blind. Ich will mich erinnern. Später. Zu spät. Meine Absicht entgeht dir. Meine Zusagen halten dich fest. Du stellst keine Fragen. Du verlässt dich auf mich. Und das genau ist dein Manko. Du bist in Reichweite. Ohnmacht. Geliefert. Das ist mein Verdienst.

12. April 2022

Räder

Dir erzähle ich alles. Ich bewundere dich. Ich nehme kein Blatt vor den Mund. Ich bin hart. Ich wichse den Kiesel. Ich habe mich parfümiert. Dir zeige ich nie mein Gesicht. Das ist überflüssig. Du machst dir dein eigenes Bild. Ausnahmslos. Du ziehst deine Schlüsse. Das Erlebnis im Schatten. Du vergehst dich an mir. Ich schreibe mich auf. Auch diesen. Den Irrläufer halte ich fest. Es tut weh.

13. April 2022

Optik

Schönheitsfehler faszinieren mich. Sie halten die Lust bei der Stange. Sie fallen aus allen Wolken. Wie Ziegel. Wie Zangen. Das kann man beklagen. Oder auch nicht. Meine Wörter erschlagen dich. Bruder. Alles. Ja, alles hat seinen Platz. Ich lasse dich liegen. Es gibt keine bessere Zeit. Ich suche die Lebendigen heim. Die machen sich irgendwo breit. Ich bin kein Idiot. Ich passe mich an. Das leuchtet mir gnadenlos ein. Also. Reden wir nicht. Alles Brei.

14. April 2022

FRAGEN

Fokus

Überraschung. Kein böses Wort. Ich schlage dich auf. Ich breche mit deinen Gewohnheiten. Klugscheißer. Du wirst umdenken müssen. Oh ja. Wir kennen den Herbst. Nur zu gut. Wir übertölpeln den Frühling. Sieh hin. Lass los. Denn wir allein sind der Sommer. Das stimmt. Wir tollen wie Kinder im Schnee. Das ist unser Geschenk an das ewige Leben. Ob es sich nun erkenntlich zeigen will oder nicht. Nein. Danke schön. Bitte. Auch. Bestens. Wir sagen nie wieder nie.

15. April 2022

Gewinde

Sie werkeln. Sie zwitschern. Sie knistern. Sie tropfen. Sie hängen nie gerade. Sie kennen kein Maß. Wiederholen sich endlos. Sie machen mich an. Ich kann mir nicht helfen. Das ist so. Ich liebe Verrückte. Die streitbarsten Stecher der Welt. Bei Weitem. Die Besten. Ich schreibe. Ich raube. Das spricht sich herum. Komm. Hak dich unter. Na, mach schon. Der Unsinn wirkt besser als gut für dich ist. Wohl bekomm's. Borkenkäfer. Der Mann meiner Wahl.

16. April 2022

Werk

Ich bin ein Scheusal. Ich lebe geschmacklos. Ich treffe auch niemals den passenden Ton. Das ist kein Geheimnis. Ich weiß. Aber ja. Das ist eine Gabe. Mittendrin. Sein. Ich reiße mich um den letzten Schluck Saft. Ich presse dich aus. Mehr geht nicht. Mach weiter. Bleib dran. Das Weiße entschädigt. Ich beschuldige keinen. Solange du lieferst. Dein Hiersein. Mein Dasein. Du. Es bleibt eine Farce.

17. April 2022

ANHALTER

Rösslein

Die Zukurzgekommenen sterben vor Neugier. Sie hören sich um. Sie machen sich schlau. Sie nehmen den Mund ziemlich voll. Also, wenn man ihre Verhältnisse in Rechnung stellt. Sie führen Beschwerden. Mischen überall mit. Ich sage, seid dankbar. Das Leben hat Recht. Keine Frage. Eure Ratschläge schlage ich aus. Die gut gemeinten. Vor allem. Ich bin ein Sieger. Na, siehst du. Ich halte die Klatschweiber knapp.

18. April 2022

Bauer

Die Hinterbliebenen trauern. Sie ahnen, was ihnen entgangen ist. Sie verlieren darüber fast den Verstand. Du musst dich aufrappeln. Früchtchen. Kein Mensch träumt sich frei. Jemals. Es gibt keine Pille danach. Wir schwelgen im Überfluss. Auch das sage ich euch. Wir schaufeln. Wir baggern. Doch die Ernte bleibt aus. Wen solche Aussichten nicht gehörig befeuern, der feiert sein Ende zu früh. Dummerjan.

19. April 2022

Furchen

Die Wanderer. Du. Sie bleiben sich treu. Sie werden zu dem, was sie umschließt. Sie werden die Erde. Und das sage ich euch. Sie werden der Weg. Sie sind die Geschichten. Nein. Sie finden kein Ende. Sie gleichen sich nie. Sie erzählen von Wanderern. Männern wie Frauen. Sie werden verstoßen. Verehrt. Sie werden begleitet. Wir stellen uns ein. Unsere Augen sind schwarz. Pech. Oh, sie fangen das Licht.

20. April 2022

Heu

Die Spurlosen zocken. Sie beherrschen das Spiel. Sie sind mir jederzeit eine Armlänge voraus. Das macht sie so gnadenlos. So unwiderstehlich. Die Ereignisse duften. Sie buhlen um mich. Es hagelt Entscheidungen. Du, das sage ich dir. Mein Herz rast. Wie der Teufel. Was mir anvertraut wurde, das gestalte ich auch. Ich ziehe die herzlose Aussprache vor. Die Keimfreien, ehrlich, sie können ein Lied davon singen. Das stimmt.

21. April 2022

Korken

Die Eingeweihten nicken sich zu. Sie empfinden die Ehre. Die große. Sie wissen Bescheid. Das schlichte Geheimnis. Es bestärkt sie darin. Sie schweigen. Sie grinsen. Sie blasen sich auf. Sie ballen die Fäuste. Ihre Taschen sind leer. Das macht sie gefährlich. Denn jedes Mittel ist ihnen recht. Ich sage, hütet euch vor den Erwählten. Sie geben die Wahrheit nie preis.

22. April 2022

Kapital

Die Vorschnellen haben ihr Pulver verschossen. Sie verlieren den Überblick. Ständig. Sie wissen nicht weiter. Das setzt sie enorm unter Druck. Die Ungebetenen triumphieren. Zu Recht. Ihre Zeit ist gekommen. Sie breiten sich aus. Die Mücken. Die Fliegen. Sie gehen aufs Ganze. Das sage ich euch. Sie machen der Lebensgier Beine. Wir humpeln. Wir stolpern. Wir stürzen ins Glück. Die Anhalter glotzen. Sie kriegen nichts mit.

23. April 2022

Finale

Kometen beunruhigen mich. Sie haben die Antwort parat. Sie schweifen. Die Schwänze. Sie bringen die Träume. Wir klatschen. Im Takt. Ihre Wortführer richten uns ab. Den Verliebten bleibt keine Alternative. Sie stürzen. Ein Abgrund. Sie retten ihr Leben. Sie schlagen sich tot. Auch das sage ich euch. Die Spätzünder. Alle. Sie brechen jeden Rekord. Die Verzweiflung, mein Herzschlag, steckt ihnen im Blut. Wow. Was beim Sex geradeheraus und unbedingt zielführend ist.

24. April 2022

TÜREN

Viagra

Die Lösung ist offensichtlich. Das besiegelt ihr Schicksal. Die Leute verwünschen sich gern. Sie mögen es komplizierter. Na klar. Sie greifen die Umstände auf. Keine so dumme Idee. Sie weisen sich aus. Sie zählen sich auf. Sie beißen sich fest. Sie werden untragbar. Hier rechtfertigt sich jeder Beschiss. Ich widerspreche. Ich gönne mich mir. Ich verzichte auf Gleichnisse. Tolpatsch. Mein Testosteronspiegel steigt. Hose auf.

25. April 2022

Kiffe

Lass gut sein. Du hast dich verschätzt. Ich bin
wieder da. Ich hocke ganz oben. Ich bin infektiös.
Dein Ehrenwort kaufe ich nicht. Alte Leier. Dich
bete ich inwendig auswendig runter. Auch rück-
lings. Im Schlaf. Denn in Zukunft erwarte ich
deutlich fetteren Stoff, als du in der Hose hast.
Scherzkeks. Kaum zu fassen, dass du, du hier
immerzu aufkreuzt. Aber auch daran, so wie gewöhnlich, sind sicher die anderen Schuld.

26. April 2022

Morphin

Du spielst mit der Zeit. Immerzu. Du erzählst dir Geschichten. Sie handeln von mir. Und alles, was zwischen uns möglich wäre, schlüpft dir im Dämmerlicht unter die Haut. Du lügst dir ein ganzes Universum zusammen. Du richtest dich ein. Du besprichst dich mit mir. Ich begleite dich tief in die Nacht. Gemeinsam legen wir unerhört lange Strecken zurück. Wir fürchten uns nicht. Aber nein. Wir halten uns fest an der Hand. Du erwachst. Heller Tag. Pudelnackt. Schweiß hockt dir im Nacken. Eiskalt. Alles nass. Alles tief. Er erinnert sich vage, ganz vage an mich. Ausgesaugt. Klar. Du bist leer.

27. April 2022

Koks

Ich bin du. Ich brauche kein Stichwort. Ich sorge
für Nachschub. Der andere hat mich verwechselt.
Ich schreibe. Schreibe. Ich breche die Worte. Du
bist meine Zunge, mein Zeuge. Der einzige Maß-
stab. Deine Kinderstube geht mich nichts an. Ich
rieche nach dir. Unter den Achseln. Ich schmecke
wie du. Wir befummeln uns. Irre. Und gleichgültig
wo. Wir sind stark. Wir sind lässig. Die Dunkelheit hält ihr Versprechen. Sie flunkert. Sie grinst.
Taube Ohren. Von wegen. Wir sind frei. Brauchen
Nachschub. Ausnahmslos. Und zwar. Jetzt.

28. April 2022

Pep

Zieh mich. Noch einmal. Ich mache dich möglich.
Das Abstoßende verliert seinen Gestank. Über
Nacht. Die Qual der Entscheidung ihre Gewalt
über dich. Die Hütte fängt Feuer. Das Angebot
lacht. Es hüllt sich in Tränen. Kaputt. Und wir
quatschen und quatschen und quatschen und
quatschen. Wir drücken aufs Tempo. Wir haben
den Spaß. Wir schleudern ins Abseits. Aus.
Respekt. Alles gut. Nein. Wir brechen uns nichts.
Aber ja doch. Oh ja. Und das war erst der Anfang.
Das Vorspiel. Gut möglich. Bestimmt. Ich will
mehr.

29. April 2022

Wodka

Du bist legal. Scheiße. Du stehst zur Verfügung. Du härtest mich ab. Ich störe dich nicht. Wir kennen uns irgendwoher. Doch was soll's. Unsere Treffen sind planbar. Das streben wir an. Das kommt uns entgegen. Du bringst schließlich immer was mit. Das reinigt. Belebt. Wir schlucken den Brand. Wir kramen die Axt raus. Wir schreien uns zu. Wir zielen. Wir ächzen. Wir stöhnen. Wir feuern drauf los. Fleisch. Rohes Fleisch. Futter. Keine Seele in Sicht. Gott sei dank.

30. April 2022

Süßstoff

Die Abnicker schleichen. Sie pflichten sich bei. Sie schmiegen sich an. Sie kaufen die Imitation. Allzu gern. Das ist wahr. Und beliebig. Dafür hassen sie sich. Sie bellen. Sie beißen. Sie stinken nach Pisse. Nach Pisse. Nach Sperma. Und Kot. Die Borsten ersticken an ihrer Geduld. Kippen. Schlagseite. Um. Reihenweise. Und. Rasch nacheinander. Ich vertraue den Schatten. Ich lebe zu gern. Du stellst mich. Geliebter. Du tust dich nicht schwer. Ich wähle dich, Johnny. Das Original.

1. Mai 2022

NACHSPIELE

Schnabel

Danke. Das war's. Das ging schnell. Zum letzten Mal sage ich. Das. Pack deinen Schwanz wieder ein. Du hörst mir nicht zu. Du. Ich schließe mich keiner Vorstellung an. Weder der stattlichen. Echt. Noch der einer Minderheit. Ich komme zurecht. Ich treibe mich rum. Ich schneide. Erlebe. Ich suche die Konfrontation. Und zwar zünftig. Das Zukleistern, himmelwärts, ich überlasse es Klügeren. Wichsern. Du bist einer von denen. Geh heim. Du. Mich fröstelt. Mutti tröstet dich gern.

2. Mai 2022

Panne

Steh auf. Wir sind da. Du brauchst deine Träume nicht mehr. Die neue Umgebung. Du. Sie wird dir gefallen. Sie nimmt dich beim Wort. Sie kennt keine Spiegel. Sie baut keine Brücken. Sie nagelt dich fester. Hauruck. Du. Das reißt mir den Arsch auf. Sie improvisiert. Aus Rauflust. Aus Leichtsinn. Sie sündigt. Sie fetzt. Sie raubt dir den Schlaf. Sie lässt dich im Stich. Hallo. Aufwachen, Hitzkopf. Willkommen im Club.

3. Mai 2022

Deckung

Keine Zechprellerei. Lügner. Ich sühne für meine Verbrechen. Daran ist nichts zu beanstanden. So. Das versprochene Land. Ach. Gott. Ja. Du. Es hat seinen Preis. Wie alles. Wie jeder. So ist das. Ich atme. Ich steige. Versteife mich nicht. Barrikaden von wegen. Ich krakeele nie rum. Ich nehme dich aus. Ich ficke gewöhnlich. Den Kohlköpfen unter euch sage ich das. Also. Tür zu. Und. Licht aus. Die Ratte ist dreist. Das hat Charme.

4. Mai 2022

MASSSTÄBE

Haltung

Die Meinungen planschen. Sie überschlagen sich. Heillos. Sie gieren nach Zuspruch. Sie bauen darauf. Sie strotzen damit. Sie glauben daran. Jedes Leichtgewicht zählt. Der Lärm überstimmt ihre Angst. Sie erhöhen den Druck. Sie bedienen den Rausch. Sie zahlen sich blöd. Das sage ich dir. Auf Verdacht. Und nur für den Fall, dass du mich auftust. Ich lache dich aus. Ich bleibe. Dein Erzfeind. Und garantiert kein Vergnügen.

5. Mai 2022

Wiese

Einfach mal die Richtung wechseln. Das geht.
Das läuft. Das versöhnt dich mit mir. Die Zukunft
trägt weiß. Die Farbe der Unschuld. Erobernde
stoßen sie ab. Ungebremst gegen die Wand. Das
tut weh. Die helfenden Hände. Sie klappern umsonst. Prophezeiungen, Greifer. Sie erhalten die
Abfuhr. Geschenkt. Kein Wort weiter. Die Zukunft
erwartet Respekt. Das macht es nicht leichter.
Das macht es nicht schwer. Die Hoffnung ist les-
bisch. Unverdrossen. Und dreist.

6. Mai 2022

Gebügelt

Du bist vorhersehbar. Alter. Du überziehst. Die komische Nummer. Na also. Sie kostet dich Kraft. Du wirkst erschöpft. Du weißt nicht mehr weiter. Du sagst. Ich kann nicht mehr. Vor dich hin. Du flüsterst. Ich will nicht mehr. Vor dich hin. Du bemitleidest dich. Kein Mensch hört dir zu. Kein Mensch nimmt dich wahr. Alles hängt. Alles stockt. Ich sage dir. Mach was draus. Filmriss. Das genau ist dein Glück.

7. Mai 2022

Reizbar

Du gibst dich versteinert. Du wehrst dich. Du kämpfst. Du qualmst ununterbrochen. Verziehst deinen Mund. Keine Zecke entkommt dir. Kein Gedanke schafft Platz. Die Butter im Ausschnitt. Du. Der Honig am Sack. Einfach phänomenal. All die Schwachstellen, Schwabbel, sind das Beste an dir. Sie zähmen den Stolz. Alle Tage. Ein Tag. Das spitzt an. Das macht Mut. Das ist alles, was zählt.

8. Mai 2022

Pflegeleicht

Ich bin live. Ich bin der Augenblick. Ich beuge nicht vor. Ich trage nichts nach. Ich setze mich aus. Das ist unser Pakt. Begreifst du. Ich lebe in dir. Du bist mein Gesetz. Ich bin deine Chance. Wir stimmen uns ab. Wir halten uns wach. Wir ködern die Welt. Wir träumen den Tod. Du suchst mich. Ich atme. Du findest mich nie.

9. Mai 2022

Etabliert

Du bist mit dir beschäftigt. Ach was. Du kennst keine Grenzen. Das nagelt dich fest. Das macht dich zum Sklaven. Deine Kraft ist erschöpft. Die Qual übersieht mich. Du verlierst jeden Halt. Du baust dir ein Nest in den Wolken. Da unten. Im Türspalt. Du schläfst. Mit geöffnetem Mund. Das ist ekelhaft. Abstoßend. Deine Lider sind fahl. Ich kann dir nicht helfen. Du. Und will es auch nicht.

10. Mai 2022

Sprunghaft

Du hast dich entschieden. Du bleibst auf der Strecke. Du lässt dich nicht bremsen. Du nimmst dir dein Recht. Du hältst dich für klüger. Gott ja. Denn du magst deine Stimme. Denn du scheust meine Tränen. O, du musst dich nicht schämen. Ganz ehrlich. Versprochen. Dein Lächeln gefällt mir. Und ich gebe den Kasper. Ja, ich blase auch dich. Ich schwimme. Ich pfeife. Ich pfusche. Ich komme. Ich sehe dir zu. Denn du drehst dich im Kreis. Du bist nichts. Das ist geil.

11. Mai 2022

Höllisch

Hier liegt ein Missverständnis vor. Ich räume ab. Ich bin entschlossen. Ich kehre aus dem Totenreich zurück. Ich bin der erste Mensch, dem das gelingt. Dich lasse ich im Regen stehen. Du bist verbraucht. Du vegetierst. Du hast dich überlebt. Ich schreibe. Schreibe. Ich halte mir den Rücken frei. Ich bin verwundbar. So wie du. Das macht mich stark. Mein teurer Freund. Das zieht die Schonungslosen magisch an.

12. Mai 2022

Locker

Ich fliege. Zunge. Das ist kein Traum. Da bin ich mir sicher. Der Gegenwind. Der Gegenwind. Der Gegenwind ist echt. Die Richtung also stimmt. Aha. Ich küsse mit geschlossenen Augen. Ich bin der Mann, der dich dazu verführt. Du bleibst die Sprache, die mich demaskiert. Wir sind gestochen scharf. Wir sind im Licht. Die Farben ziehen uns in ihren Bann. Sie wechseln ihren Duft. Wie Heu. Ausdauernd. Fruchtlos. Und allzeit bereit.

13. Mai 2022

Vermessen

Du spürst den Puls. In den Schläfen. Den Leisten.
Du vergisst deinen Namen. Deine Haut schmeckt
nach Salz. Du erkennst deine Schönheit. Offenes
Meer. Du hast mich gesucht. Du allein hast mich
gefunden. Wir steigen wie Drachen. Zur Hölle. Wir
zwei. Wir fauchen. Die Wörter. Sie alle auf einmal.
Der Abschied. Der Gute. Er beobachtet uns. Er
wird zuschlagen. Müssen. Das wissen wir. Beide.
Das hält uns vom Kahlschlag nicht ab.

14. Mai 2022

Teaser

Kein Zustand. Nie. Niemals. Unzufriedenheit ist eine echt gierige Braut. Sie setzt in Bewegung. Sie knetet die Seele. Sie strafft das Gehirn. Sie hält meinen Körper elastisch. Mein Gott. Das bringt dich auf dumme Gedanken. Wie immer. Du hockst in der Falle. Du fühlst dich ertappt. Immerhin. Wir sind beide im Spiel. Wir stochern im Nebel. Verdammt. Also doch. Wir holen uns blutige Nasen. Dabei. Doch das findet kein Ende. Ich bin glücklich mit dir.

15. Mai 2022

Aufreißer

Du zergehst mir auf der Zunge. Unfassbar, dass ich dich wegdenken konnte. Der Mensch ist ein Wunder an Ignoranz. Das macht ihn gefährlich. Andererseits stolpern wir, gut so, oft genug über die eigenen Füße. Und wer dabei, besser noch, mit dem Hinterkopf aufschlägt, ist klar im Vorteil. Zumindest, wenn du dich anständig und rücksichtslos vor dem Happyend freimachst, mein Spatz. Also. Gürtel auf. Leder. Und runter damit. Sonst ist echt schlecht.

16. Mai 2022

Rückzieher

Gründe finden sich immer. Erklärungen auch.
Das Aufschieben. Herrlich. Es hat Tradition. Und
die wird gepflegt. Und zwar. Bis zum Erbrechen.
Das sind wir ihr schuldig. Das fordert sie ein.
Jeder Gartenzwerg jammert. Jeder Gartenzwerg
schwärmt. Berlin. Paris. Kopenhagen. Bestimmt.
Denn beim nächsten Mal, sicher, bin ich dabei.
Warte ab. Im übernächsten Leben packe ich das.
Du kloppst deine Lust in die Tonne. Du frisst die
Versprechen. Das Gerede der Priester. Das ist
armselig. Schwätzer. Du bist ein Idiot. Aber geil.

17. Mai 2022

Einfühlsam

Du schaukelst dir die Eier. Du sabbelst mich voll.
Du raubst mir das Recht der freien Entscheidung.
Das ist brutal. Ich lüge. Gedruckt. Ich lüge. Wie
du. Was ich kriegen kann, nehme ich mit. Das ist
normal. Wir stehen am Abgrund. Wir verplempern
die Zeit. Wir bilden uns viel darauf ein. Gebete.
Gebete. Sie helfen da nicht aus der Klemme. Ich
höre dich an. Ich sehe dir zu. Ich suppe. Vorab.
Derart herrliche Schenkel. Ein läufiger Köter. Und
ich denke, das stimmt.

18. Mai 2022

Klagen

Das war's. Wir sind durch. Es hätte besser laufen können. Es hätte schlechter laufen können. Das spielt jetzt einfach keine Rolle mehr. Ich bin fertig mit euch. Das zählt. Das beflügelt. Von nun an übernehme ich das Steuer. Was für ein Wort. Ich nenne mich Entwachsener. Von Luft. Von Liebe. Lebe ich. So schlagen wir in unvorhersehbare Weiten aus. Nur Wurzeln. Wurzeln kommen nicht dabei in Frage. Du. Das Amen. Bleibt im Halse stecken. Das kennen wir. Das hatten wir. Es ist genug. Du. Prösterchen.

19. Mai 2022

VORZÜGE

Strich

Ich will, dass du dich erkennst. Will, dass du gut aussiehst und mich verführst. Das rettet meine Gier nach dir vor dem Ersaufen. Freund. Ich zerre dich aufs nackte, kühle Land. Im Handumdrehen an deinen langen, dichten Haaren. Wir fallen. Uns in die geölten Arme. Sieh an. Gottlob. Die Vorbilder verkriechen sich. Sie fürchten unsre Macht. Allein. Das ist verständlich. Immerhin. Wir sind im Wort. Und ziehen weiter. Kein Atemzug bleibt ungenutzt. Wir lieben. Sterben. Nein. Verrecken.

20. Mai 2022

Schlager

Was verloren ist, Tränensack, du, es kommt nicht
zurück. Sie erzählen dir Märchen. Sie heucheln.
Die Sterntaler halten dich hin. Sie werden keines
ihrer Versprechen erfüllen. Verderbliche Ware. Sie
stopfen sich voll. Blütenstaub. Sie verkaufen sich
gut. Sie schlafen den Schlaf der Gerechten. Mein
Freund. Denn sie lecken sich hinten, nur weil sie
es können. Und von wegen. Enttäuschung. Du.
Es gibt keinen besseren Grund. Sei unverschämt.
Schreihals. Sei gnadenlos. Bruder. Das befreit.

21. Mai 2022

Blüten

Ich mache Dummheiten. Ja doch. Oh ja. Dreimal täglich. Die Versuchung ist einfach zu groß. Ich treffe die falsche Entscheidung. Gezielt. Das ist keine Qual. Das ist eine Gewissheit. Das bereitet mir nicht die geringsten Probleme. Mir fehlen die passenden Worte. Denn zugegeben. Rund um die Uhr. Ich liege daneben. Bin voll auf dem Holzweg. Und auffallend dankbar dafür. Ja. Ich gratuliere mir selbst. Zum Geburtstag. Und heute, mein David, selbstverständlich auch dir. Denn wie und wann käme Goliath sonst von der Stelle. Du hechelst. Das macht nichts. OK.

22. Mai 2022

Staub

Ich muss weiter. Weiter. Da draußen. Da draußen und zwischen den Zeilen. Da wartet der Irrsinn auf mich. Da sehnt sich ein Jemand nach mir. Ich weiß. Du. Die Dunkelheit zittert. Sie kennt keine Namen. Nur Geräusche. Nur Stimmen. Sie kauern und kichern und kriechen. Die Stimmen. Sie berichten von Einsamkeit. Sehnsucht und Laster. Sie sind nicht totzukriegen. Sie verfolgen mich bis in den Schlaf. Ich muss los. Ich muss weiter. Da draußen. Dahinter. Kein Gelaber. Da hockt die Zeit trostlos. Und auch ziemlich still.

23. Mai 2022

Seltsam

Ich stehe auf Rohkost. Du. Ich mag's knackig. Ich verabscheue lauwarmen Brei. Also quatsch mich nicht dumm von der Seite an. Herzchen. Mein Bedarf an Gemeinsamkeiten ist lange gedeckt. Ich will mich nicht jedes mal wiedererkennen in dir. Setz mir zu. Mach Platz. Wenn du auf Bestätigung aus bist, Versager, zieh weiter, mach weiter, der Heinzelmann kleinlaut, der bedient dich in jeder Verfassung. Auch wesentlich schneller als ich.

24. Mai 2022

Fitness

Was soll ich schon anfangen mit dir. Muskelprotz.
Du hast Schiss. Du hältst dich bedeckt. Du bist
ein Zitat. Du lächelst verlegen. Du stehst unter
Drogen. Deine Neugier ist maßlos. Beschränkt.
Die Bettgeschichten anderer treiben dich um. Du
besiehst dich im Spiegel. Da hinten. Da unten.
Du suchst den Vergleich. Du lebst auf Kredit. Du
umgibst dich mit Watte. Dein Leben, Granate, ist
Südsee. Ist Ferne. Dafür schuftest du artig und
hübsch wie ein Knecht.

25. Mai 2022

Theoretisch

Ich bin die Pforte. Mein Äffchen. Zum Glück. Ich bin die Lösung für deine Probleme. Du. Schluck mich. Auf Wodka, auf Whisky, auf Sekt. Ich reiße dich raus. Ich eröffne dir Horizonte. Ich hole dich nach. Einwandfrei. Ich mache dich wahr. Solange du an mir festhältst. Kein Arschloch versteht dich. Kein Mensch hört dir zu. Du bist auf der Suche. Allein. Das herzlose Leben. Dir begegnet es schroff. So schlaf mit mir. Tiger. Ganz ehrlich. Versprochen. Du wirst heftigst erstaunt sein. Ich beschäftige dich.

26. Mai 2022

Praktisch

Du hast mich versetzt. Doch das kommt mir gelegen. Ich hatte von Anfang an schließlich so meine Bedenken. Ja. Du bist geil. Das ist wahr. Doch die fleischige Zuversicht, die dir zwischen den Schenkel hängt, nervt. Ich hätte mich hinreißen lassen. Na klar. Dumme, allglatte Laute habe ich immer parat. Die Faust in der Tasche. Von mir aus. Das bringen wir hinter uns. Lecker. Denn vollkommen ist nichts. Du. Appetit. Kommt beim Essen. Und danach wird dir schlecht. Nur heute, das macht nichts, gehe ich hungrig ins Bett. Das bringt Spaß.

27. Mai 2022

Ideal

Du hast deine Regeln. Schiffer. Du gleitest dahin.
Du findest in jedem Gewässer den Stein. Deine
Worte sind markig. Die Sätze. Gestochen. Du be-
kommst, was du brauchst. Weil du weißt, was du
willst. Du träumst dich nicht schwächer. Nein.
Du machst dir nichts vor. Deine Beule spricht
Bände. Alle Achtung. Du grinst. Ja. Das war harte
Arbeit. Ich weiß. Bin dabei.

28. Mai 2022

Reue

Ich sehe mich und bin zutiefst erstaunt, wie rasch ich mir verzeihen konnte. Ich hielt mich für nachtragend. Wutlos. Ich hielt mich für treu. Das war ein maßloser Irrtum. Mein Freund. Ich schinde die Verschwendungssucht und überlasse diesen Körper lustvoll jedem, der sich nach meinem Maul die langen, dürren Finger leckt. Das Leben. Leben. Das ist echt. Du hast Kies im Getriebe. Gewissen. Du streust mir Sand in die Augen. Du stinkst. Du begleichst deine Rechnungen künftig allein.

29. Mai 2022

Tapeten

Du redest mich wund. Du erklärst mir die Welt. Du führst Geilheit aufs Glatteis. Vertagst uns auf morgen. Was soll das. Das läuft nicht. Die Bedingungen kotzen sich aus. Das ändert sich nie. Du. Ich wiederhole dich ungern. Muss sein. Du kränkst mich. Mit Nachdruck sage ich dir. Halt den Mund. Ich bin alt. Sechzig, falls dir das etwas sagt. Mein Schwanz sucht die Abwechslung. Rausch. Immerzu. Ich kann mich nicht laufend mit Tränen belasten. Das Mögliche reizt. Stop and go. Ist. Genug.

30. Mai 2022

TÄNZE

Gesichter

Ich lasse mir Zeit. Ich bewege mich nicht von der Stelle. Ich bin wie von Sinnen. Ich lausche dem Flüstern der ewigen Nacht. Es sind deine Worte, die letzten, die Lügen, sie blitzten woanders, sie scheinen da irgendwo hinter den Sternen. Du bist einer von vielen. So vielen. So vielen. Du hältst die Vergangenheit fest. Deine Versuche, die weichen, dich in die Zukunft zu retten, sind und bleiben vergeblich. Mein Freund. Ich sehe. Ich rieche. Die Sonne geht auf. Du. Sie wird dich verbrennen. Das passt.

31. Mai 2022

Trommeln

Die Stille ist mörderisch. Die Stille läuft barfuß
über den Strand. Sie hat keinen Zweck. Sie dient
keiner Sache. Die Stille. Sie macht keine Fehler.
Sie überrascht dich im Schlaf. Mein Herzschlag
ist spürbar. Er allein misst ihre Größe. Ich weine.
Ich hoffe. Dir entgeht kein Geräusch. Du bist wie
gelähmt. Du hörst Schritte. Im Flur. Du wartest.
Erwartest. Du folgst ihrer Spur. Du klammerst
dich an die Vorstellung. Irrer. Er wird kommen.
Bestimmt. Alles quatsch. Jede Sicherheit fehlt.

1. Juni 2022

Regen

Sie bleibt nicht stehen. Sie geht nicht vorbei. Sie ist. Unbezähmbar. Mein Herz. Ich berühre den Augenblick. Heillos, als wäre ich nur aus diesem Grund hier. Als würdest du, du allein all meine Fragen beantworten können. Ich weine. Doch. Weine. Als käme ich so von dir los. Das ist ein Irrtum. Versteht sich. Wie immer. Natürlich. Ich suche, ich renne, ich fordere dich. Du machst mich zu dem, der ich sein könnte. Bin.

2. Juni 2022

Schneide

Ich rutsche dazwischen. So fürchterlich langsam. Ich sehe mir zu. Ich bemerke mich kaum. Ein Wort nach dem anderen bleibt auf der Strecke. Die Gedanken auf Halbmast. Sie vermissen die ordnende Hand. Sie streiten. Sie kneifen. Sie finden nicht wieder zusammen. Sie lösen sich auf. Nur haben sie keine Verwendung für Träume. Ich hebe mich auf. Wieder fürchterlich langsam. Und verliere mein störrisches Gleichgewicht, dich, dabei ganz aus den Augen. Zum Glück. Die Gelegenheit. Jede, also die sich mir anbietet. Du. Sie jedenfalls nehme ich wahr.

3. Juni 2022

Duft

Ich bin Bewegung. Ich strotze vor Gleichgültigkeit. Ich widerrufe mich lebhaft in jedem Gesicht, dem ich begegne. Ich erkenne dich an. Ja. Ich lasse dich zu. Ich stelle dich bloß. Nein. Du hast kein Interesse daran, mich zu schonen. Warum auch. Die Monster sind wir. Gefräßige Schweine. Wir suchen. Wir finden. Wir nützen uns nichts. Das bringt die Liebe. Sie macht uns verdächtig. Beliebig. Die Lügen zerbrechen daran. Komm rüber. Komm. Küss mich. Der Mond ist ein Schatten im Wind.

4. Juni 2022

Wahnsinn

Es geht um Beschleunigung. Es geht um mein
Recht. Ich vollende das Chaos. Ich lache dich aus.
Du. Reiß dich zusammen. Du. Geh auf mich los,
wie ein gebrochenes Herz. Du hast mich verjubelt.
Du hast dich verzockt. Die Sache erklärt sich von
selbst. Ich wechsle die Seiten. Ich tausche dich
um. Ich winke dir zu. Du. Ich sage: bye bye.

5. Juni 2022

Asthma

Kein Gedanke zu viel. Ich greife dem Unheil nicht vor. Ich mache den Mund auf und lebe mich glatt von der Stelle. Die ersten Versuche, ganz ehrlich, sind mühsam. Sind ätzend. Das ist die Natur. Wir kommen in Fahrt. Ganz allmählich. Behutsam. Deine Sehnsucht vertraut sich mir an. Sie ist ziemlich gerissen. Sie legt mir die Hand auf die Schulter. Sie lächelt. Sie neigt ihren Kopf. Wir sind unverbesserlich. Beide. Wir folgen der Geilheit. Ganz hirnlos. So atme. Entspann dich. Sie weist uns den Weg.

6. Juni 2022

Feder

Aber ja. Ihr könnt die Nacht über bleiben. Wir kennen uns nicht. Wir berühren uns kaum. Das ist gut. Das macht Hoffnung. Ich gebe mich preis. Ich stehe im Wort. Ich überlasse euch meine Geschichten. Sie sind unvollendet. Wie eure. Sie nehmen uns in die Pflicht. Sie wollen gelebt sein. Gewichst und gewienert. Wir sind, wie du weißt, in der Lage dazu. Schreib mich ab.

7. Juni 2022

Stich

Die Ruhe ist trügerisch. Du. Das macht mich zur Sau. Meine Grenzen, die frommen. Mensch. Die plustern sich auf. Wie herrlich. Wie köstlich. Sie spendieren mir jeden Vorwand. Umsonst. Doch kennst du mich schlecht, Langeweile. Ich genieße die Aussicht. Der Stillstand bekommt mir. Alles andere wäre doch albern. Du. Ich schenke mir Zeit. Ich lasse mich los. Scheiß der Hund drauf. Im Schatten. Im Schlummer. Am Ende bin ich doch immer noch schneller als du.

8. Juni 2022

RIESEN

Blindflug

Ich reibe mir die Augen. Staune, in wessen Bett
ich da so lande. Immer wieder. Ich fürchte, du,
hier kommt noch mancher, manches auf mich zu.
Das Wetter stellt uns ständig Rätselfragen. Vor-
herzusagen ist da weiter nichts. Lass also gut
sein, Freund, ich weiß beim besten Willen nicht,
was uns die Zukunft alles bringen sollte. Du willst
mich handzahm. Überschaubar. Du nagelst mich.
Beim Wichsen. Fix und fertig. An die Wand. Okay.
Umso besser. Belassen wir's dabei. Der nächste
Kerl. Der läuft sich schon die Hacken nach mir
wund.

9. Juni 2022

Theke

Du bist heiß. Dir wird kalt. Du bewegst deine Zehen. Du kratzt dich am Kopf. Du kratzt dich im Nacken. Du kratzt dich am Hintern. Du wartest darauf, dass der Himmel sich meldet. Die Hölle sich auftut. Blickst tiefer ins Glas. Letzte Runde. Von wegen. Das Leben ist schön. Immer schöner. Mein Freund. Deine Ansprüche sinken. Du fällst tonlos ins Koma. Doch siehe. Die Welt, alle Welt, dreht sich weiter um mich. Nach mir um.

10. Juni 2022

Kessel

Du bist ein Erwählter. Das zeichnet dich aus. Du blickst in die Sonne. Das ist mir bewusst. Mit offenen Augen. Du schüttelst den Kopf. Du feilst deine Zähne. Das macht dich zum Herrn über Wasser und Worte und Wind. Einerlei. Denn mit Zutraulichkeiten beeindruckst du mich. Nein. Du lässt dich nicht bremsen. Das ist Strategie. Du liest meine Träume. Du schlachtest sie aus. Ich gebe dir Futter. Ich nicke. Ich blase. Ich stimme dir zu. Ich werfe das Stöckchen. Du belächelst die Latte. Und springst.

11. Juni 2022

Hinhalten

Fleisch. Du kannst die Gedanken nicht fassen. Mein Stecher. Sie locken dich kraftvoll. Sie setzen sich fest. Sie reiben den Gürtel. Sie schimmern. Sie bersten. Sie öffnen die Hose. Sie stoßen mich weg. Es sind diese Wörter. Es sind meine Augen. Sie machen dich schärfer. Du. Gänsehaut. Achtung. Sie führen mich in die Versuchung. So krass. Sie beunruhigen uns. Nein. Du sitzt in der Falle. Die Träume. Unfassbar. Ja. Wir sind uns versprochen. Hier hängen wir ab. Nur. Erwarten. Und schreiben das Drehbuch. So sehe ich das.

12. Juni 2022

Wegwerfen

Überall lauert Gewalt. Sie flutscht runter wie Öl.
Sie macht dich zum Bock. Sie löst sich nicht auf.
Sie zerfrisst dich von innen. Exakt darauf legst du
es an. Schüttelfrost. Wir schwingen den Hammer.
Wir schänden den Wortschatz. Wir ersticken am
Plastik. Wir dröhnen uns zu. Du erschleichst dir
dein Leben. Du reißt andere mit. Du hast nichts
gegen mich in der Hand.

13. Juni 2022

Absahnen

Längst habe ich genug von dir und halte dich im Eisschrank frisch. Du gehst über Leichen. Du bestiehlst meine Seele. Vertickst meinen Körper. Ich bin ein Produkt deiner schäumenden Angst. Ich beschönige nichts. Ich wusste es besser. Ich hatte die Wahl. Du warst meine Droge. Du bleibst mein Verzicht. Ich bereue nicht eine Sekunde lang, dass ich dir nachgeben konnte. Ich lebe. Ich liebe. Ich träume von dir. Jede Nacht.

14. Juni 2022

Auftischen

Deine Standards sind einwandfrei hoch. Gute Nacht. Du schlägst jedem den Schädel ein, der dir nicht passt. Du kennst keine Skrupel. Dein Anzug ist weiß. Deine Augen sind himmlisch, verfahren, so blau. Deine Worte gewaschen. Wie Schnee. Dir macht niemand, kein Traum, etwas vor. Das ist gut. Du schläfst sorglos. Mein zorniger Schwanz. Glattrasiert. Du, der tut seine Pflicht. Der weckt dich am Morgen. Der macht dich zur Sau. Du bist stolz. Sieh dich vor. Du kommst hart. Das muss sein. Du hast alles. Dein Schicksal im Griff.

15. Juni 2022

Losreißen

Du bewegst deine Lippen. Du redest im Schlaf.
Du trittst auf der Stelle. Tauchst nie wieder auf.
Nein. Ernsthaft. Du würdest nicht wählerisch
sein. Du nimmst jede Berührung. So schmutzig
sie ausfällt. Auch sein mag. Als Hinweis. Als
Zeichen. Erwartung. Ein göttlicher Bote. Du lässt
die Erinnerung zu. Ja. Du kennst ihr Verlangen.
Du hörst ihr Gelächter. Du wirst zum Gejagten.
Von heute an, Kesseltreiber, befindest du dich auf
der Flucht.

16. Juni 2022

Einlösen

Niemand spuckt mir in den Kopf. Fantasie. Ich bin ein leibhaftiges Wunder. Ich verabscheue jede Form von Moral. Ich lasse die Finger von deinen Gedanken. Die Drecksarbeit. Drecksarbeit mache ich selbst. Das bleibt mein Vergnügen. Das ist mein Versprechen. Das klärt mein Verhältnis zur Aufrichtigkeit. Ich nehme das Leben wortwörtlich. Mein Herz. Ich fresse mich satt. Ich kotze mich aus. Alles weitere. Du. Das behalte ich besser für mich.

17. Juni 2022

TAKT

Atemlos

Der Zirkus hier beginnt, mir Spaß zu machen. Du. Wer hätte das gedacht. Ich kann nicht mehr, will nicht mehr ohne dich raus. Ich schleiche ins Bad. Ich mache mich hübsch. Ich furze. Ich pisse. Ich kacke und lache dich an. Du hörst meine Wörter. Ja, du wirst dich erinnern. Mein Freund. Du verlierst die Beherrschung. Das kannst du mir glauben. Denn alles ist nur eine Frage der Zeit.

18. Juni 2022

Handfest

Abgekapselt. Hohe Mauern. Du duckst, du duckst
dich tüchtig weg. Oh ja. Du bist am Ziel. Das ist
entscheidend. Die Chancen standen schlecht. Hör
damit auf, von mir zu träumen. Du hast die Reise
überlebt. Das solltest du nicht unterschätzen. Der
Aufprall nämlich setzt dein Feuer frei. Du bist die
Wirklichkeit. Du versetzt Berge. Machst Wasser
zu Wodka. Du kiffst. Der himmlische Segen. Ach
was. Der geht uns nun wirklich nichts an.

19. Juni 2022

Hüften

Du scheinst beweglicher zu sein. Sieh an. Die Blicke. Blicke folgen dir. Sie fordern deinen Arsch. Was sonst. Du gibst dich unberührt. Denn das ist nur gerecht. Du hast zu lange angestanden. Du kennst das Spiel. Du weißt, dass jede Nähe dich vernichten würde. Du schenkst dem Teufel diesen Lauf. Er hat das Recht auf seiner Seite. Wir sind am Zug. Wir sind die Pest. In Lederhosen. Du und ich. Das kosten wir genüsslich aus.

20. Juni 2022

Basta

Sie lässt sich nicht weiter vertrösten. Mein Herz.
Deine Erklärungen bringen sie gegen dich auf. Sie
hat kein Interesse daran, dich zu begreifen. Das
ist vorbei. Ihr fehlen die Worte. Sie zerrt an der
Leine. Die beißende Frage steht unwiderruflich im
Raum. Denn so viel ist sicher. Wir kennen uns
aus. Sie wird dich umschleichen. Die Geilheit.
Hat niemanden sonst außer dich im Visier. Dein
Kartenhaus bricht sein Versprechen. Geliebter.
Aber sonst ist noch alles, so wie immer, im Lot.

21. Juni 2022

Himmel

Du reißt dich zusammen. Du strampelst dich ab. Du bist einfach unschlagbar. Ja. Du tust deine Pflicht. Du kommst nicht von der Stelle. Du hältst dich zurück. Du fällst aus den Wolken. Du hast dich verschätzt. Die Liste ist lang. Wird mit jedem Tag länger. Du bedienst deine Furcht. Ja. Du leckst ihr die Stiefel. Denn das ist dein Fetisch. Du sabberst. Du kriechst. Zum Erguss. Du wichst um die Wette. Blabla.

22. Juni 2022

Politik

Du gibst den Bestimmer. Du lässt dich verführen.
Du stehst an der Ecke. Du kennst deinen Platz.
Du schenkst mir ein Lächeln und klaust meine
Tränen. Du küsst mein Gesicht. Du machst mich
zum Herrgott. Ja. Ich sehe dir an, wie übel dir ist.
Das bleibt kein Verbrechen. Aalglatt. Hinterlässt
nicht mal Narben. Das geht spurlos vorüber. Wie
du.

23. Juni 2022

Masse

Die Regeln sind einfach. Du kennst kein Tabu.
Du bist ein Geschenk. O. Du genießt den Genuss.
Du reißt jeden Rekord. Ihr Geschrei macht dich
schlauer. Sie bestärkt dich darin. Sie trägt dich
auf Händen. Du beherrscht alle Tricks. Du kreist
wie ein Geier. Du stöhnst wie ein Ochse. Du lässt
dich nicht bitten. Du stirbst wie ein Schwein.

24. Juni 2022

Statistik

Du ziehst deine Runden. Täglich. Tagtäglich. Du feuerst dich an. Du gibst dir nicht nach. Du misst deinen Blutdruck. Notierst deinen Puls. Du hast nichts zu befürchten. Dir fällt niemand zur Last. Du begleichst deine Rechnungen pünktlich. Na klar. Du stehst in der Schlange. Du nagst dir die Nägel bis auf das Nagelbett ab. Du erwartest den Tag, den Arsch, der Erlösung. Das macht Mut.

25. Juni 2022

Mitläufer

Ich will dir sagen, was ich sehe. Du schlurfst die Häuserwand entlang. Dich stützt ein Stock. Mit fünfundzwanzig. Du murmelst vor dich hin. Der Blütenduft erreicht dich nicht. Du keuchst. Du zitterst. Sogar das Atmen fällt dir schwer. Dein Bild im Spiegel glotzt dich an. Es macht dich traurig. Lacht dich aus. Du hast das Denken abgelegt. Du bist ein Hammer ohne Wut.

26. Juni 2022

ZORN

Harmonie

Was mich umweht, hat diesen unbestimmten Glanz bekommen. Ich sperre meine Ohren auf. Es sind Geräusche in der Welt, die ich nicht kenne. Wahrnahm. Ungeahnt. Sie waren immer da. Du hast mich reingelegt. Dein feistes Grinsen hielt mich taub. Mein Freund. Das ist vorbei. Mein Schrei wird hässlich sein. Ich fürchte nichts. Ich bin allein. Ich schulde mir mein Glück.

27. Juni 2022

Risiko

Die ersten Schritte wirken ungelenk. Du tust dich
schwer damit. Das ist normal. Du musst dich erst
daran gewöhnen. Die eigenen Beine tragen dich.
Sie sind dazu geschaffen und bereit. Sie kennen
deinen Wert. Du stehst am Anfang. Jederzeit. Das
ist dein gutes Recht. Du bist der Joker. Komm auf
mich zu. Ich halte dich im Spiel.

28. Juni 2022

Massaker

Der Gegenwind versteht sein Handwerk. Meister.
Er pirscht sich ran. Er baut sich vor mir auf. Ich
lasse mich nicht kirre machen. Ich lerne meine
Schwächen kennen. Mein Maul ist breit genug.
Oh nein. Ach ja. Ich lade euch persönlich dazu
ein. Ihr seid willkommen. Alle. Alle. Das wird ein
Fest. Ein feuchtes Treiben. Das hat die Welt, die
weite Welt noch nicht gesehen. Das haut dich um.
Das ist Musik in meinen Ohren.

29. Juni 2022

Barcode

Es ist soweit. Duck dich. Ich brülle dich nieder. Ich bin nicht mehr zu bremsen. Ich begreife dich nicht. Ich kann dir nicht helfen. Und will dich nicht riechen. Du hältst mich zum Besten. Du tötest mich ab. Deine Stimme belästigt mein Ohr. Du bist mein Gefängnis. Dich schließe ich aus. Du bleibst mein Gewissen. Ich schieße. Ach was. Dafür lohnt sich der Aufwand. Du. Das Leben ist schräg.

30. Juni 2022

Parolen

Galant. Ich reiße mich mit den Übrigen um das beste Stück Fleisch. Ich stehe am Abgrund. Ich strahle dich an. Ich finde die Worte. Ich stimme dich ein. Ich weide dich aus. Ich brauche dich auf. Du bietest zu wenig. Ich lasse dich liegen. Ich werfe mich weg. Das macht dich gefügig. Ich bin einer von vielen, den niemand vermisst.

1. Juli 2022

Flagge

Ich bade im Flutlicht und genieße die Farben. Ich taste mich voran. Verschlinge den Lärm. Ich dufte nach Frühling. Ich stinke nach Sünde. Ich habe den Absprung verschlafen. Geschafft. Das steht fest. Wir flirten. Wir zocken. Du. Wir pokern und schachern. Das macht mich verlegen. Das wickelt dich ein. Die netten Versprecher. Du. Sie springen uns über die Lippen. Gerissene Lippen. Wie Gold.

2. Juli 2022

Alexa

Ich lüfte die Bude. Ich putze die Fenster. Ich
sauge den Teppich. Ich wische die Böden. Ich
bringe den Müll weg. Ich schlage mein Bett auf.
Ich trinke. Ich rauche. Das stimmt. Die große
Veränderung kündigt sich an. Sieh dich vor. Du
hockst im Gebüsch. Dort fletscht du die Zähne.
Du hältst mich zum Narren. Begutachtest mich.
Komm. Hände weg, Affe. Wie wenig ich über dich
weiß.

3. Juli 2022

SCHLAF

Voids

Du gefährdest meine Gesundheit. Deine Worte verstopfen mir die Arterien. Sie strotzen wie Fett auf der Suppe. Mein Schwanz, der alte Lump, rast. Mich packt Atemnot, wenn du mir über den Weg läufst. Das aber bleibt unser Geheimnis. Ich verhalte mich abwartend. Immer. Mein Schatz. Die Lösung. Die traut sich. Sie kommt in der Nacht. Die Zettel. Mein Freund. Sie sind meine Erfindung. Ich schreibe mich auf. Ich fasse mich kurz. Ich schaffe dich sorgfältig ab. Wie so oft.

4. Juli 2022

Pontifex

Du wirkst angespannt. Gaffer. Dein Himmel spuckt Blut. Und Pisse und Sperma. Du machst dich verrückt. Du markierst dein Revier. Dazu ist jede Gelegenheit brauchbar. Das ist konsequent. Das ist widerlich. Geil. Das verstehe ich gut. Du bist eine aussterbende Art. Deine Zeit ist vorüber. Die Umstände sprechen für sich. Das Beste wird sein, du begräbst deinen Blicke und stiehlst dich samt Knüppel davon.

5. Juli 2022

2F4U

Ich denke ständig an dich. Ich bringe dich über den Tag. Ich nehme uns mit in den Schlaf. Das ist zauberhaft. Du begleitest mich durch die Nacht. Ich weiß. Denn dein erster Gedanke, die Geilheit am Morgen, gilt mir. Du trägst keinen Namen. Du verbirgst dein Gesicht. Du bist auf der Suche. Der Suche. Wie ich. Das ist das Geheimnis. Das ganze Problem. Wir finden uns nie. Ja. Das kennen wir gut.

6. Juli 2022

Garantie

Du hast mich lange warten lassen. Warum. Du bist ein Teil von mir. Ich habe dich vermisst. Halt deinen Mund. Ich will nichts hören. Ich komme dir zuvor und gebe dich verloren. So. Ich breche meine Zelte ab. Der liebe Gott wird dir vergeben. Wollen. Das tut der immer. Er sieht bloß zu. Ich bin kein Held. Mein Freund. Ich stelle mich nicht quer.

7. Juli 2022

Poesie

Ich greife forsch nach deinen Wurzeln. Ich gehe dir an die Substanz. Ich stelle dich in Frage. Alles. Ich lasse keine Wahrheit aus. Mein Freund kann auf mich zählen. Du. Ich bin vom Fach. Beim Teufel schließlich habe ich studiert. Summa cum laude. Die Sehnsucht. Ein Fließband. Dein Anruf genügt. Der Eintritt. Mein Zuritt ist frei. Zucker-süß. Man schleckt sich die Pfoten. Der Saft.

8. Juli 2022

DELIRIUM

Smiley

Was willst du von mir. Und wie kommst du dir eigentlich vor. Du bist eine Zecke. Du überträgst Krankheiten. Deine Stimme ist eine ganz Oktave zu hoch. Deine Muskeln sind schlaff. Nicht Fisch. Nicht Fleisch. Du hast es dir zwischen den Zeilen gemütlich gemacht. Lässt dich auslegen. Hinbiegen. Was immer du willst. Du folgst deinem Meister. Du saugst. Du schluckst runter. Gibst niemandem Halt. Die Wahrheit ist, Herzchen, du wirst mit Füßen getreten. Und findest Gefallen daran.

9. Juli 2022

Upgrade

Der Gang ist ausladend. Kraftvoll. Du ergreifst deinen Weg. Du verweigerst die helfende, rettende Hand. Nein. Du erwartest Respekt und erklärst dich nicht lange. Du benutzt keinen Vorwand. Das war gestern schon falsch. Ich schreie. Ich schreibe. Das hat sich erübrigt. Inzwischen. Du nimmst deinen Platz ein. So einfach ist das. Du bist Energie. Tätowiert. Pures Glück. Du atmest Entschlossenheit. Latex. Die Zukunft ist schwarz. Meine Hoffnung bleibst du.

10. Juli 2022

Falter

Irgendwo webt einer. Irgendwo anders verändert Bewegung die Welt. Das steht fest. Sie hockt im Verborgenen. Wohlgemerkt. Scheu. Ihr Traum teilt sich nie über Schlagzeilen mit. Sie hält dich in Atem. Erregt dein Interesse. So schweigend. So nahtlos. Sie vertraut deiner Intuition. Du allein bist das Maß. Der Keim aller Dinge. Du öffnest die Tür. Wie gesagt. Es geht immer ums Ganze. Es geht dabei ständig um uns.

11. Juli 2022

7Leben

Jeden Kuss, den ich nicht stahl. Jedes Wort, dass ich nicht sprach, gibt der Vergangenheit Futter. Ja. Es ist zum Verzweifeln. Die glücklichen Zeiten sind spurlos verschwunden. Es hat sie gegeben. Das weiß ich. Genau. Mein Herzschlag erzählt mir von dir. Ja. Ich erinnere mich so bestechend an dich, weil wir beide, wir beide uns nie, nie begegnet sind. Freund. Das hat mich zu lieben gelehrt.

12. Juli 2022

Teflon

Sieh mir tief in die Augen. Mein Herzblatt. Der
Name ist Bluthund. Ich stelle mich vor. Du wirst
nicht entkommen. Ich wittere Glück. Ja. Es ist
unvermeidlich. Verhext. Wir sind füreinander geschaffen. Gedeih und Verderb. Das sehe ich ein.
Du. Ich nehme dich an. Den Alltag beeindruckt
die Zuversicht nicht. Wir treten uns nach wie vor
auf die Füße. Schon klar.

13. Juli 2022

Safer

Du gibst eine gute Figur ab. Passabel. Ich mag
dein Gerede. Ich höre dir wirklich gern zu. Auch
wenn ich kein Wort von dem, was du so von dir
gibst, glaube. Du hast mich erlegt. Verzaubert.
Ich spiele mein Spiel. Wir rücken uns näher. Die
Zeit. Jederzeit. Du. Sie läuft mir davon. Alles gut.
Wir lassen nichts anbrennen. Du. Du und ich. Ja.
Wir enden im Bett. Das ist neu. Irgendwie.

14. Juli 2022

Oral

Ich kriege den Hals, du, ganz einfach nicht voll.
Ich überfresse mich an dir. Das ist meine einzige
Schwäche. Mein Stil. Ich platze vor Ungeduld.
Taste und reibe. Ich reiße dich auf. Eine Wucht.
Kein schneeweißer Tropfen, nichts entgeht meiner
Gier. Ich quetsche dich ordentlich aus. Ich nehme
die Folgen in Kauf. Der Tag der Erlösung bleibt
stecken. Muss warten. Ich korrigiere mich lebhaft.
Und einfach zu gern. Heb ab. 7Leben. Du. Nein.
Sie reichen mir nicht.

15. Juli 2022

MONSTER

Eintänzer

Nicht drängeln. Nicht schubsen. Behaltet die Nerven. Ich beherrsche die Schritte. Ich frage nicht nach. Du schuldest mir keine Erklärung. Ach was. Das macht mich geschmeidig. Du. Das schmiedet zusammen. Wir sind billig zu haben. Und das nutzen wir aus. Wir werden zu Dieben. Wir schleichen uns ein. Wir ziehen uns runter. Bei vollem Bewusstsein. Ist gut. Denn das bringt dich weiter. Ist alles, was zählt.

16. Juli 2022

NEON

Ach. Freiheit ist und bleibt eine Nutte. Sie macht mich zum Kläffer. Sie kennt keine Scham. Sie bedient jedes Maulwerk. Sie poltert. Sie strotzt. Und verspricht mir das Blaue vom Himmel. Verzeih. Ich ziehe Dich, Vielfalt, ganz eindeutig vor. Du erdest. Lehrst Demut. Du öffnest mir meinen Verstand. Wir sind nämlich Gleiche, sind gleich unter Gleichen. Sind Bevölkerung. Liebster. Dir gehöre ich an. Keinem Volk.

17. Juli 2022

Kultur

Du plapperst von Herkunft. Du kennst ihre Namen. Dein Stammbaum erfüllt dich mit Stolz. Du ehrst ihre Formeln. Ja. Du betest sie regelrecht an. Nein. Du verzeihst keine Schwäche. Du verziehst keine Miene. Die Sache ist einfach. Du bist der Vollender. Vollstrecker. Du raubst, was dir zusteht. Hast sämtliche Zweifel besiegt. Man beruft sich auf höheres Recht. Ständig. Zu recht.

18. Juli 2022

Vorschriften

Da kennst du mich schlecht. Ich gebe mich nicht mit den Krümeln zufrieden. Ich mache kurzen Prozess. Du. Ich lache mich tot. Immerzu. Tanze. Aus und vorbei. Ich erkläre den Winterschlaf für beendet. Verzagtheit. Dir laufe ich jederzeit über den Weg. Denn. Überall. Alles. So ist das. Ich habe acht Augen. Und Hände. Und Füße. Mein Schwanz. Na. Was hältst du von mir. Ich spinne das Netz. Im Erwachen der Sonne. Nein. Es gab keinen Frühling. Der Sommer. Der ewige Sonntag liegt gleich hier. Auf dem Sofa. Und döst.

19. Juli 2022

Ansage

Das lange Warten hat ein Ende. Ich habe dich genug gequält. Ich stelle mich nicht länger an. Ich mache keine Zicken mehr. Ich ziehe mir die Schuhe aus. Ich schmeiße alte Socken weg. Ich öffne meine Arme weit. Ich atme durch und renne barfuß auf dich zu. Du wirst dich wundern, wie verrückt, verrückt, verrückt ich nach dir bin.

20. Juli 2022

Cool

Dir kann man sich anvertrauen. Du stehst deinen Mann. Du bist offen für alles. Dich verunsichert nichts. Das macht hoffnungslos glücklich. Das beruhigt und erregt. Du spreizt deine Schenkel. Du zeigst mir, wo's lang geht. Alles. Mundgerecht. Grausam. Hier stimmt die Chemie. Denn du bist mein Beschützer. Du hältst an mir fest. Ich bin dein Bestimmer. Doch. Das ist dir egal.

21. Juli 2022

SALE

Freundliche Worte. Ein Samenerguss. Das Leben
spielt hier. Hier und Jetzt. Immerhin. Du glaubst
den Parolen. Sie richten dich auf. Bedienen dein
Ego. Und das hat seinen Preis. Wir kommen zusammen. Schlag ein. Du bist wertlos für mich.
Das muss ich begreifen. Nein. Ich kann dich nicht
schonen. Dir begegne ich nackt. Auf den Knien.

22. Juli 2022

Fake

Und wenn sie nicht gestorben sind, dann hecheln sie noch heute. Das ist der Anfang. Wohl gemerkt. Das ist das Ende der Geschichte. Wir stellen uns blöd. Wir fressen den Quatsch. Wir saugen den Scheiß mit der Muttermilch ein. Du siehst mich nicht an. Du suchst deine Wirkung. Der Himmel brennt. Sperma. Wir setzen uns ab. So hellsichtig. Süchtig nach Aufmerksamkeit.

23. Juli 2022

Airbag

Keine voreiligen Schlüsse. Pass auf. Ich weiß immer erst dann, was ich aushalte, will, wenn dein Schwanz mich verzaubert, bedrängt. Tut mir leid. Setzt dir zu. Denn mitten im Spiel keift der Notnagel: NÖ. Dann findet die Raffgier unerwartet Gefallen, Geschmack an Berührungen, die meine Geilheit sich ohne dich nicht einmal ausmalen, vorstellen konnte. Dein Leben ist echt eine Tüte. Voll Wunder. Vor allem, was mich betrifft. Du. Ich bevorzuge Techno. Und Rippen. Und flache, haarlose Bäuche. Am Steuer. Gib Gas.

24. Juli 2022

Zensur

Und wenn du dich verlieren willst, bist du richtig bei mir. Hier regiert Irrsinn. Komm rein. Meine Tür steht weit offen. Ich schließe nicht ab. Das ist gegen meine Natur. Die Häscher, das weiß ich, sie bevorzugen festen Grund unter den Füßen. Kein Gras. Kein Gekicher. Sie glauben, derbe Urteile brächten sie schneller voran. Damit liegen sie voll im Trend. Doch was kümmert uns das.

25. Juli 2022

Abgehängt

Sie klammern. Sie jammern. Sie machen dich rasend. Die vergeigten Gelegenheiten stellen sich vor. Oh. Du kennst ihre Namen. Sie halten dich kleinlaut. Sie schmecken nach Sünde. Vor allem am Schwanz. Dir wird dein Versagen bewusst. Du könntest dich ohrfeigen. Es ist immer dasselbe. Du kommst nicht zur Ruhe. Du bist der Ball, den man tritt. Mann. O. Mann. Mensch. Küss mich. Was soll das. Wirkt Wunder am Sack. Das bringt dich auf frische Gedanken. Lang zu.

26. Juli 2022

AUSSICHT

Farben

Ich schlendere. Du. So lala. Durch die Stadt. Ich schlecke ein Eis. Freund. Wo bist du. Wo bleibst du. Ich tue mich um. Und entdecke. Mit jedem, der mir im Vorüber begegnet. Jedem zweiten und dritten Kerl würde ich schlafen. Nicht wahr. Das ist eine Tatsache. Du. Ich fürchte, er sieht es mir an. Tja. Dann denke ich, bestens. Du weißt also, was auf dich zukommt. Im Herbst.

27. Juli 2022

Einreise

Ich weiß, wie du klingst. Sie hockt mir im Kopf. Deine Stimme. Ihr höre ich zu. Haargenau. Auch wenn ich nicht alles von dem, was du sagst, begreife, verstehe, lackiere ich mir auf Verdacht meine Nägel. Und putze die Ritze. Den Schwanz. Alles strotzt. Es plustert sich auf. Es duftet. Nach Frevel. Mein Reißverschluss. Flutscht. Er bereitet sich vor. Wie begeistert du bist.

28. Juli 2022

Kick

Du fürchtest die Wörter. Du weißt, es bringt dich
nicht weiter, sie heimlich zu denken. Die Wörter.
Die elenden Wörter. Wie sehnen sie unsere Lippen
herbei. Die Zunge macht Geilheit zu Fleisch. Hör
mir zu. Mein Rachen verschafft deinen Träumen
Statur. Die Wörter, sie drängen. Versetzen uns
ständig in Lebensgefahr. Sie treiben am Abgrund.
Das ist mein Geständnis. Dir steht Schweiß im
Gesicht. Das ist kein Geheimnis. Verteufelt. So
schwing deine Schenkel. Drück ab.

29. Juli 2022

Heimat

Diese Tränen sind goldig. Wie traurig. Wie schade. Sie zahlen sich aus. Du bist, was du hast. Du hasst, was du bist. Du ziehst deine Show ab. Du redest dich raus. Der Vater versorgt dich. Die Mutter legt nach. Und das Glück deiner Kinder verjubelt sich leicht. Die alten Gewohnheiten. Ja. Sie sorgen für dich. Was bleibt ihnen übrig. Du bist ihr letzter Vasall.

30. Juli 2022

SCHALTJAHRE

Rauschen

Ich bin der Neue. Stell dich auf mich ein. Ich falle dir vom Himmel zu. Du wirst dich nie an mich gewöhnen. Ich küsse deinen Nacken. Ein Gedicht. Ich packe dich beim Schopf. Ich biete keinen Unterschlupf. Es reicht. Du öffnest mir das Herz. Mit jedem Wort, dass du im Flug von diesen Schultern nimmst. Wir sind der Anfang. Unentwegt. Das nette Ende kann uns mal.

21. Januar 2022

Hunter

Ich störe dich im Schlaf. Ich weiß. Ich bilde mir viel darauf ein. Ich schreibe die schönsten Dinge herbei. Ich stelle die Welt auf den Kopf. Du öffnest die Lippen. Du folgst meinem Ruf. Mit jeder Berührung entfalte ich dich. Der Duft deines Atems. Er weist mir den Weg. Wir finden die Wörter. Wir sprechen uns aus. Die tiefe Erschöpfung. Sie erwartet den Tag. Ich werde nicht fertig mit dir.

28. Januar 2022

Kreuzverhör

Wir stellen uns die Unendlichkeit vor. Sie trägt zahllose Namen. Sie tritt auf der Stelle. Sie hat keine Verwendung für Liebesgeschichten. In schwachen Momenten beschäftigt uns das. So erfahren wir Nähe. Haut. So in allem, was trennt. Zeigt der Teufel sein wahres Gesicht. Die Bitte um Gnade ist wertlos. Ich gebe dir nach. Ich erkenne das Messer. Du verlierst dich in mir.

04. Februar 2022

Keuchen

Du bist. Jederzeit. Undenkbar. Es sind diese
Hände. Sie finden. Sie bleiben. Sie zerfetzen den
Vorwand. Keine Zeit mehr für Mätzchen. Nackt.
Schräg. Tabula rasa. Wir schmecken nach Erde.
Wir lecken das Salz. Die Reißleine zittert. Sie
macht sich vom Acker. Wir lösen uns ab. Die
herrischen Bilder. Vergessen. Die Hüter. Weit und
breit. Alles. Das setzen wir durch.

11. Februar 2022

ZEITSPRUNG

Schwimmer

Du hältst dich zäh über Wasser. Das erkenne ich an. Du fletscht deine Zähne. Mein Freund. Doch einschüchtern wirst du mich nicht. Ich bin schwul. Feuer und Stein. Ich schreibe Geschichte. Ich kenne kein Maß. Ich atme die Vielfalt, die du ausmerzen willst. Das ist mein Geschenk an die ewigen Leugner. Ich brenne. Ich preise den Tag meiner Geburt. Ich liebe. Liebe. Ich schmiere mir beißende Farben, mir streue ich Glitzer, dir blase ich Silber und Gold ins Gesicht.

- Ein alter Mann, der Selbstgespräche führt.

heute

Inhalt

Veröffentlichungen bei BoD

28.11.2019
Freiers Gesichte
Lyrik – 76 Seiten

ISBN: 9783750420151

18.02.2020
Mollys Ausbruch
Lyrik – 88 Seiten
ISBN: 9783752877397

12.05.2020
Schnitters Fick
Lyrik – 96 Seiten
ISBN: 9783751930826

25.01.2022
Bravo! Mein Aladin.
Eine Liebesgeschichte. Echt *schwul.*
Prosa – 134 Seiten
ISBN: 9783755794974

Weitere Texte und Videos:
https://peterpollmannrezitator.de